DANIELA ARNOLD
Stirb sanft, mein Engel

Über das Buch:

Wie weit gehst du, um deine Unschuld zu beweisen?

Ein ermordeter Mann, seine flüchtige Ehefrau, die als Hauptverdächtige gilt, und ein vermisstes, kleines Mädchen.

Die Augsburgerin Dorothea Augustin lebt für ihren Job als Polizistin. Eines Tages erhält sie den Auftrag, nach der fünfjährigen Mathilda zu suchen und stößt bei den Ermittlungen schnell an ihre Grenzen. Nicht nur ihre Kollegen scheinen gegen sie zu arbeiten, auch das Umfeld des Kindes verbirgt etwas vor ihr. Als Dorothea klar wird, dass eine Verbindung zu einer Mordserie an jungen Mädchen in Dresden besteht, ist sie längst selbst in Lebensgefahr. Denn jemand geht über Leichen, um sein furchtbares Geheimnis zu bewahren. Und die Zeit läuft …

FÜR MEINE FAMILIE
Und für den echten Manni –
du fehlst, jeden Tag

www.daniela-arnold.com
autorin@daniela-arnold.com

Covergestaltung: © ZERO Werbeagentur GmbH, München
Covermotiv: © FinePic / shutterstock.com

Lektorat/Korrektur: http://www.sks-heinen.de
Buchsatz: Die Autoren-Manufaktur

ISBN 978-1-97983-656-2

Daniela Arnold

Stirb sanft, mein Engel

Thriller

Prolog

Mai 2017
Augsburg

Sie erwachte vom Vibrieren ihres Körpers. Beinahe fühlte es sich an, als stünde er unter Strom. Ihre Beine und Arme zuckten unkontrolliert, ihre Finger zitterten, ihr Atem ging heftig und stoßweise. Es dauerte eine kleine Ewigkeit, bis sie das Gefühl hatte, nach ihrer Bettdecke greifen und sie auf die Seite schlagen zu können. Sie schluckte angestrengt, stöhnte, weil sich jeder Knochen in ihrem Leib, jedes Gelenk, alle Muskeln und Fasern wie die einer alten Frau anfühlten. Ihre Haut war von einem Schweißfilm bedeckt, Rücken, Nacken, Hinterkopf und Oberschenkel schienen in ihrem eigenen Saft zu schwimmen. Sie fröstelte, fragte sich, was mit ihr los war. Gestern war sie noch vollkommen fit gewesen, gesund, was also war innerhalb der letzten acht Stunden mit ihr geschehen?

Influenza war das Erste, was ihr durch den Kopf schoss. Doch war es für eine Grippe nicht bereits zu spät? Eigentlich gingen Infekte wie dieser in den Wintermonaten herum, allenfalls noch im März und April, doch inzwischen war der Mai angebrochen, mit täglichen Temperaturen um die zwanzig Grad.

Sie versuchte, sich auf ihre Atmung zu konzentrieren, ignorierte den stechenden Schmerz im Brustkorb, das Ziehen im Rücken, bündelte all ihre Kräfte, um sich ein wenig aufzurichten. Als sie auf ihre Ellbogen gestützt auf der Matratze lag, fing sie an zu frieren. Sie seufzte, drehte ihren Kopf zum Nachtkästchen, blickte auf die Uhr. Verdammt!

Sie musste raus, ihr Kind in die Kita bringen, sich um Haushalt und Einkauf kümmern.

Doch irgendwie …

Sie konnte nicht in Worte fassen, was sie empfand. Da war einerseits dieses schreckliche Krankheitsgefühl, die Schwäche in ihren Gliedmaßen und Kopfschmerzen, die von Sekunde zu Sekunde unerträglicher wurden.

Doch das war nicht alles.

Bei Weitem nicht.

Ganz tief in ihr drinnen, verborgen in ihrem Unterbewusstsein war da diese … Angst.

Schnell schüttelte sie den Kopf, zuckte zusammen, weil der Schmerz ihr für einen Augenblick den Atem raubte.

Auch Angst traf nicht ganz das, was tatsächlich in ihr vorging.

Es war eher wie eine unterschwellige Warnung, der Hauch einer Ahnung, dass etwas Furchtbares und wirklich Grauenvolles geschehen würde.

Oder bereits geschehen war?

Etwas, das in der Lage wäre, ihr den Boden unter den Füßen wegzureißen.

Sie stieß den Atem aus, schluckte, registrierte, dass ihr Herzschlag schnell und unregelmäßig ging.

Bekam sie einen Infarkt?

Doch dann fiel ihr diese Reportage ein, in der ein Betroffener erzählt hatte, dass sich die Anzeichen bereits Wochen vorher bemerkbar machten. Schulterschmerzen, Atemnot, Schwindel.

Sie seufzte erleichtert. Nichts davon hatte sie in den letzten Tagen bei sich bemerkt.

Als ihr Blick ihren Bauch, die Oberschenkel und Füße streifte, versteifte sie sich.

Dann verkrampfte sich ihr Körper, ihr Kopf fühlte sich von einer Sekunde auf die andere an, als wäre er in Watte gepackt, jeder Gedanke verunsicherte und verwirrte sie zugleich.

Panisch presste sie die Augen zusammen, öffnete sie wieder, starrte an sich hinab. Ihr Mund öffnete sich zu einem Schrei, doch alles, was aus ihrer trockenen Kehle drang, war ein Wimmern, fast ein Krächzen, kraftlos wie die letzten kläglichen Töne einer sterbenden Kreatur.

Es dauerte eine weitere Ewigkeit, bis die Gewissheit zu ihr durchdrang, das Begreifen dessen, was ihre Augen längst gesehen und an ihr Gehirn weitergeleitet hatten.

Blut!

Unmengen von dunkelrotem, fast rostbraunem Blut, das ihr Schlafshirt samt Laken und Decke durchtränkt hatte, unangenehm klebrig an ihrer Haut haftete. Erst jetzt fiel ihr der metallische Gestank auf. Er füllte jeden Quadratzentimeter des Zimmers aus und schnürte ihr den Hals zu, löste Übelkeit aus.

In ihrer Kehle kitzelte es, dann folgte ein trockenes Bellen, gleich darauf ein Würgen.

Sie schaffte es, sich aus dem Bett zu hieven und ins angrenzende Bad zu wanken, sackte vor der Schüssel auf die Knie, übergab sich mehrmals. Als sie wenige Minuten später wieder klar denken konnte, zog sie sich ihr blutdurchtränktes Oberteil aus, überprüfte atemlos jeden Zentimeter ihres Körpers, kam schließlich zu dem Schluss, dass es nicht ihr Blut war.

Das Begreifen schlug mit der Intensität eines Vorschlaghammers zu.

Wenn es nicht das ihre war …

Eine Welle des Entsetzens durchflutete sie, dann dachte sie nicht mehr, funktionierte nur noch.

Mit hämmerndem Herzen rannte sie aus dem Badezimmer, zerrte im Schlafzimmer ein sauberes Shirt aus der Kommode gegenüber des Bettes, zog es sich auf dem Weg in den Gang über den Kopf.

Um sie herum drehte sich alles, als sie die dunkelbraunen Spuren auf dem hellen Teppich sah, registrierte, dass es sich um eingetrocknete blutige Fußabdrücke handelte, die ins Schlafzimmer führten. Beinahe mechanisch hob sie ihren linken Fuß, erkannte, dass auch ihre Sohlen blutverklebt waren. Ein Schwindelgefühl erfasste sie. Atemlos rannte sie weiter, um den Ursprung des Blutes zu finden, stolperte, als sie auf dem ersten Treppenabsatz ins Erdgeschoss ein Messer aus dem Block in der Küche fand. Sie ging in die Knie, hob es auf, fing an zu zittern.

Die Beine unter ihrem Körper gaben nach, sodass sie gezwungen war, die Treppe ins Erdgeschoss hinunterzurutschen.

»Bitte, lieber Gott«, flüsterte sie immer wieder, kämpfte gegen die aufsteigende Hysterie an. Ihr war klar, dass, wenn sie die Nerven verlor, niemandem geholfen war.

Trotzdem …

Alles, was sie denken konnte, war, woher all das Blut kam.

Unten angekommen, stockte ihr der Atem. Schon von Weitem konnte sie die riesige Blutlache auf dem Küchenfußboden erkennen, den Gestank riechen, der ebenfalls aus dieser Richtung kam.

Sie wimmerte, kroch auf allen Vieren in Richtung Küche, musste sich die letzten Meter buchstäblich zwingen, sich weiter fortzubewegen.

Dann sah sie ihn.

Reglos lag er inmitten seines Blutes, den Blick starr ins Nichts gerichtet.

Ein Schrei gellte durch die Küche.

Sie kroch näher, hob den Arm, berührte seine Wange.

Kalt.

Wieder ein Schrei.

Ihr Mann … er war tot.

Jemand hatte ihn umgebracht.

Aber warum?

Die Gedanken in ihrem Kopf vermischten sich zu einem zähen Brei, der jegliche logischen Schlüsse unmöglich machte.

Dann die Erkenntnis.

Warum war das Blut ihres Mannes an ihr?

Eine erneute Welle der Panik erfasste sie.

Und wenn das Blut an ihr gar nicht das Blut ihres Mannes war?

Sie schaffte es, sich an der Arbeitsplatte festzukrallen und aufzustehen, schleppte sich ins Kinderzimmer, welches am Ende des Ganges lag.

Vor der Tür angekommen, zögerte sie kurz, dann umklammerte sie mit schweißnassen Händen die Klinke, drückte sie hinunter, tastete nach dem Lichtschalter, da das Rollo unten war und kaum Tageslicht ins Zimmer ließ.

Auf den ersten Blick schien alles normal, keine Blutspuren, kein unangenehmer Geruch.

Dann trat sie auf das Bett zu, erstarrte, schnappte nach Luft.

Wer immer ihrem Mann das angetan hatte, musste …

Keuchend sackte sie zusammen.

Versuchte, zu verstehen, was passiert war.

Ihre Tochter!

Ihr Ein und Alles.

Sie war fort!

Kapitel 1

Juni 2016
Dresden

»Annemarie! Wenn ich zu dir ins Zimmer hochkommen muss, dann Gnade dir Gott!« Luisa Weber blickte genervt auf ihre Uhr. Schon kurz nach sieben Uhr. Sie seufzte. Selbst wenn ihre Tochter jetzt sofort aufstand, sich in Windeseile fertig machte, wäre es dennoch eine nahezu unmögliche Aktion, es durch den morgendlichen Innenstadtverkehr pünktlich zum Gymnasium zu schaffen. Luisas Magen zog sich schmerzhaft zusammen. Geschweige denn, pünktlich zum Meeting zu kommen. In Gedanken verfluchte sie ihren Mann Martin, der sich wie immer elegant aus der Affäre gezogen und behauptet hatte, einen wichtigen Termin zu haben, der keinerlei Verspätung oder Aufschub duldete. Als wäre sein Job so viel wichtiger als der ihre. Luisa stieß verärgert die Luft aus und riss an der Kühlschranktür. Augenblicklich schlug ihr ein muffiger, milchig saurer Geruch entgegen.

Käse …

Seit Annemarie unter die Vegetarier gegangen war, herrschte im Kühlschrank ein immerwährender Mief.

Sie hielt die Luft an, griff nach der erstbesten Packung und nach der Margarine, warf die Tür wieder zu. Nachdem sie die Pausenbrote für Annemarie vorbereitet hatte, horchte sie, ob sich im ersten Stock irgendetwas tat. Eine Welle des Zorns stieg in ihr auf, als klar war, dass nach wie vor Stille in der oberen Etage herrschte.

Wütend stapfte sie zur Treppe, rannte die Stufen hinauf, riss die Tür zum Zimmer ihrer Tochter auf.

»Jetzt aber raus aus den Federn. Deinetwegen komm ich schon wieder mal zu spät ins Geschäft. Ganz davon abgesehen, dass es auch für dich nicht gerade vorteilhaft ist, wenn du mehrmals die Woche die erste Stunde verpasst.« Luisa ging zum Fenster, zog das Rollo nach oben. Dann verharrte sie einen Moment, beobachtete eine Vogelfamilie auf dem Dachvorsprung gegenüber, lächelte. Schließlich straffte sie die Schultern, legte einen strengen Gesichtsausdruck auf. »Wenn sich nicht bald etwas ändert«, begann sie und drehte sich langsam zum Bett ihrer Tochter um, »werde ich mit deinem Vater darüber diskutieren müssen, ob wir nicht die Regeln im Hause Weber etwas verschärfen soll …« Verwirrt hielt sie inne, als sie bemerkte, dass Annemarie gar nicht wie angenommen in ihrem Bett lag. Sie ging ins Bad, um nach ihr zu sehen, ins Schlafzimmer, die Küche, sogar im Keller sah sie nach, doch Annemarie war nicht im Haus.

Luisa überlegte. Hatte ihre Tochter etwas darüber gesagt, dass sie heute früher los musste?

Luisa schüttelte den Kopf.

Waren diese Woche Antonias Eltern mit Fahren dran?

Nein, Luisa war sicher, dass sie Fahrdienst hatte. Sie ging erneut ins Zimmer ihrer Tochter, sah sich unschlüssig um. Außerdem war Annemarie noch nie, niemals aus dem Haus gegangen, ohne sich von ihr zu verabschieden. So schwierig ihre Tochter seit der Pubertät auch sein mochte, in dieser Hinsicht war sie nach wie vor ein kleines Mädchen, das die Umarmung ihrer Mutter brauchte, bevor sie das Haus verließ.

Plötzlich fiel ihr das Bett auf. Das Kissen war fein säuberlich glatt gestrichen, die Bettdecke warf ebenfalls nicht die kleinste Falte. Luisas Herz begann zu hämmern, als ihr bewusst wurde, was das bedeutete.

Ihre Tochter hatte vergangene Nacht nicht in ihrem Bett geschlafen.

Erst jetzt fiel ihr Annemaries Schulrucksack auf, der unter dem großen Schreibtisch lag.

Panik ergriff sie. Sie rannte in die Küche, riss ihr Smartphone aus der Schublade, wählte die Nummer ihres Mannes. Als er dranging, brach ein Schluchzen aus ihrer Kehle hervor. »Du musst herkommen. Schnell.« Sie spürte, wie Tränen in ihren Augen brannten.

»Was ist denn los?« Die Stimme ihres Mannes klang besorgt.

Luisa schnappte nach Luft, bündelte all ihre Kräfte, um auszusprechen, was wie ein Damoklesschwert über ihr schwebte.

»Annemarie … Sie ist verschwunden.«

»So, jetzt noch mal in aller Ruhe.« Der Polizist strich sich eine Strähne seines fettigen Haares aus der Stirn und seufzte. Luisas Blick saugte sich an einem Schweißtropfen fest, der an seiner Schläfe hinab in Richtung Hals tropfte. Der Mann sah aus, als habe er große Schmerzen. Als der Schweißtropfen schließlich im Stoff seines Hemdkragens versickerte, straffte sie die Schultern und warf ihrem Mann einen unsicheren Blick zu.

»Annemarie ist noch nie einfach nicht nach Hause gekommen«, brach es schließlich aus ihr hervor. »Das stimmt doch, Martin, oder? Außerdem wüsste ich nicht, dass sie einen Freund hat. Das hätte sie uns erzählt.«

Ihr Mann nickte, senkte den Blick. Als er wieder aufsah, bemerkte Luisa den Ausdruck in seinen Augen und erstarrte. Sie wusste auf Anhieb, dass er an dasselbe dachte wie sie. Dass Annemarie, ihre Tochter, der für sie beide wichtigste Mensch auf der Welt, nicht das einzige verschwundene Mädchen in dieser Gegend war. Um genau zu sein, waren es drei junge Mädchen, Kinder, die zuerst vermisst und schließlich ermordet aufgefunden worden waren. Zumindest zwei von ihnen. Von Djamila Walter fehlte noch immer jede Spur. Luisas Körper verkrampfte sich beim Gedanken an letzten Monat, als es ein Mädchen aus Annemaries Schule getroffen hatte. Ihre Tochter war eines Nachmittags nach Hause gekommen, hatte ihr von Marion Bergmann erzählt, eine hübsche Blondine, die seit zwei Tagen als vermisst galt. Eine gute Woche später hatte man ihre Leiche im Tharandter Wald gefunden, vom Täter keine Spur. Die Polizei hatte zuerst an eine Beziehungstat gedacht, weil Marion sich wohl vor Kurzem von ihrem Freund getrennt hatte, doch der junge Mann hatte ein Alibi und so musste sich auch die Polizei irgendwann einstehen, dass Marions Tod auf das Konto desselben Mörders ging, dem einige Wochen zuvor Andrea zum Opfer gefallen war. Auch Andrea war ein hübsches junges Mädchen gewesen, viel zu früh gewaltsam aus dem Leben gerissen. Luisas Muskeln verkrampften sich, dann begann sie, unkontrolliert zu zittern, schnappte nach Luft. Erst als sie Martins warme Hand auf ihrem Rücken spürte, normalisierte sich ihre Atmung langsam.

»Hatten Sie in letzter Zeit Streit innerhalb der Familie?«, schaltete sich Kommissariatsanwärterin Manja Dressel ein und sah Luisa mitfühlend an. »Teenager sind manchmal ziemlich nachtragend, ich spreche da aus Erfahrung, weil ich eine kleine Schwester in dem Alter habe.«

Luisa schluckte hart, dann schüttelte sie den Kopf. »Alles war genau wie immer. Sie war am Vorabend bei ihrer besten Freundin Tanja gewesen, kam dann zum Abendessen wie besprochen heim und verabschiedete sich gegen zwanzig Uhr, weil sie noch eine kleine Runde um den Block gehen wollte. Martin und ich waren dagegen, doch mal ehrlich – sollte man einen Teenager wirklich so in seiner Freiheit einschränken, dass nicht einmal ein kleiner Abendspaziergang erlaubt ist? Das wäre ja, als würde man einem Vogel die Flügel stutzen. Schließlich gab ich mich geschlagen, ließ sie gehen. Doch ich war erschöpft, hatte einige harte Arbeitstage hinter mir, deswegen habe ich entgegen meiner Gewohnheit diesmal verschlafen, dass sie nicht wieder nach Hause gekommen ist …«

»Es ist nicht deine Schuld«, schaltete sich ihr Mann ein.

Luise Weber schniefe leise.

»Und bei einer Freundin kann sie auch nicht sein?«, fragte Oberkommissar Hentschel sanft.

Luisa verneinte. »Ich habe alle Freundinnen, Klassenkameraden und Familienangehörige angerufen, die infrage kommen. Niemand hat sie mehr gesehen, geschweige denn etwas von ihr gehört. Es ist, als wäre sie vom Erdboden verschluckt.«

Hentschel warf seiner Kollegin einen bedeutsamen Blick zu, dann räusperte er sich. »In welcher Beziehung stand Annemarie zu Marion Bergmann?«

Luisa schluckte. »Sie gingen in dasselbe Gymnasium, liefen sich somit immer wieder mal über den Weg.«

»Die Mädchen waren nicht befreundet?«

Luisa schüttelte den Kopf. »Annemarie kannte Marion nur flüchtig, hatte kaum etwas mit ihr zu tun.«

»Trotzdem wühlte ihr Tod Ihre Tochter dermaßen auf?«

»Na hören Sie mal«, brauste Luisa auf. »Natürlich beschäftigt es auch Außenstehende, wenn ein junges Mädchen erst tagelang vermisst und dann ermordet aufgefunden wird. Die ganze Schule sprach von nichts anderem mehr und auch Annemarie war völlig entsetzt wegen der Ereignisse. Wir haben mit ihr darüber gesprochen, auch was es heißt, sich selbst zu schützen.«

»Dann hat Ihre Tochter anschließend einen Selbstverteidigungskurs absolviert?«

Luisa verneinte und sah zu Martin. »Sie wollte es, allerdings waren die meisten Kurse bereits voll, sodass sie gezwungen war, zu warten. Deswegen hat mein Mann ihr ein …« Sie brach ab, sah zu Boden.

»Was hat Ihr Mann getan?«, bohrte Oberkommissar Hentschel nach. Luisa atmete tief durch. »Er hat ihr so einen Strom-Taser aus dem Internet bestellt.«

Hentschel seufzte und schüttelte den Kopf. »Mit diesen Dingern muss man umzugehen wissen, sonst schadet man sich am Ende nur selber.«

»Was hätten wir denn sonst tun sollen?«, schoss Martin zurück. »So haben wir wenigstens versucht, sie zu schützen.« Er wischte sich die Tränen von der Wange und starrte Hentschel wütend an. »Oder haben Sie eine bessere Idee, was wir hätten machen sollen?«

Der senkte den Blick. Als er wieder aufsah, lächelte er zuerst Luisa und dann ihren Mann aufmunternd an.

»Ihre Tochter ist noch keine 24 Stunden weg, deswegen würde ich noch nicht allzu viel in ihr Verschwinden hineininterpretieren.«

»Ach nein? Und was ist mit den anderen drei Mädchen? Haben Sie zu deren Eltern dasselbe gesagt?«, platzte Martin heraus. Er sah die beiden Polizeibeamten wütend an, seufzte schließlich. Als er aufstand, rieb er sich müde das Gesicht, schluckte schwer. »Finden Sie einfach unsere Tochter! Mehr verlange ich gar nicht.« Er ging zur Tür, warf Luisa einen hilflosen Blick zu. »Ich kann das nicht ...« Schließlich trat er hinaus.

»Sie müssen meinen Mann entschuldigen, er ...« Sie zuckte die Schultern, verstummte. Luisa bemerkte, wie Hentschel und Dressel einen unheilvollen Blick wechselten, und schluckte. »Werden Sie sofort anfangen, nach ihr zu suchen? Haben Sie vielleicht eine Vermutung, was geschehen sein könnte?« Luisas Stimme brach. »Diese Ungewissheit ... die ist ... das Allerschlimmste.«

Manja Dressel beugte sich vor und ergriff Luisas Hand, drückte sie sanft. »In Anbetracht der letzten Ereignisse geben wir selbstverständlich sofort eine groß angelegte Vermisstenmeldung raus. Wir werden die Medien einbeziehen, die Bevölkerung um Mithilfe bitten, hoffen, dass irgendjemand etwas gesehen oder gehört hat, uns helfen kann. Doch bis dahin müssen wir Sie um Geduld und Ihr Vertrauen bitten. Haben Sie verstanden?«

Luisa nickte. »Kann ich etwas tun?«

Manja Dressel nickte. »Wir benötigen eine genaue Aufstellung der Kleidungsstücke, die sie trug, als sie verschwand. Außerdem brauchen wir eine Liste mit Kontaktdaten aller Personen, mit denen Ihre Tochter bis vor Kurzem zu tun hatte. Damit meine ich Klassenkameraden, Lehrer, Freunde, Angehörige und Nachbarn. Ich muss wissen, was Annemaries Hobbys sind, ob sie außerschulischen Verpflichtungen nachging, brauche uneingeschränkten Zugang zu ihren persönlichen Sachen, zu ihrem Computer und zu ihrem Konto. Außerdem muss ich ihre aktuelle Krankenakte einsehen, vielleicht gibt es etwas, von dem Sie und Ihr Mann nichts wissen.«

Luisa riss den Kopf hoch und starrte Manja Dressel an. »Was meinen Sie damit?«

Die Polizistin sah unbehaglich zu ihrem Kollegen. Schließlich sah sie Luisa ernst an. »Wir müssen ausschließen, dass Ihre Tochter schwanger war.«

Luisas Mund klappte auf. Dann brach ein hysterisches Kichern aus ihr hervor. »Dazu müsste sie einen Freund gehabt haben und wie ich bereits sagte …«

»Ein wichtiger Aspekt des Erwachsenwerdens ist, dass Kinder ihren Eltern nicht mehr alles sagen«, beschwichtigte die junge Polizistin sie.

Luisa schüttelte heftig den Kopf. »Nicht Annemarie. Sie hatte keine Geheimnisse vor uns – dafür lege ich meine Hand ins Feuer.«

Manja Dressel lächelte. »Und auch das werden wir bei unseren Ermittlungen selbstverständlich berücksichtigen. Am besten wird sein, wenn Sie jetzt nach Hause fahren, die Sachen Ihrer Tochter durchsehen und uns anrufen, was genau fehlt. Anschließend gehen wir den Rest durch – einverstanden?«

Luisa stand auf, sah sich unschlüssig um, nickte dann hilflos, ging zur Tür.

Kurz bevor sie aus dem Zimmer trat, sah sie sich ein letztes Mal nach den beiden Polizeibeamten um, bemerkte dabei den düsteren Schatten auf Oberkommissar Hentschels Gesicht. Ihr Innerstes krampfte sich schmerzhaft zusammen, dennoch versuchte sie, sich zusammenzureißen. »Bitte … finden Sie meine Kleine. Ich flehe Sie an, alles Menschenmögliche zu tun, um mein Kind zu finden.«

Kapitel 2

Mai 2017
Augsburg

Dorothea schätzte die Frau auf Mitte sechzig, Anfang siebzig, obwohl sie durch ihre verhärmten Gesichtszüge, die tiefen Furchen um den Mund herum und die dunklen Ringe unter ihren Augen deutlich älter schien. Die Frau zitterte am ganzen Körper, wirkte extrem zerbrechlich, was angesichts des Schicksalsschlages, den sie zu bewältigen hatte, auch kein Wunder war. Dorothea griff über den Tisch nach der Hand der Frau, drückte sie sanft. »Wie lange sagten Sie, ist das Mädchen jetzt verschwunden?« Dorothea warf einen Blick auf das vor ihr liegende Foto, registrierte das freche Lachen des etwa fünfjährigen Kindes, die niedlichen Kulleraugen, die leuchtend blonden Haare. Als ihr Blick das Gesicht der Frau streifte, wurde ihr klar, dass es um mehr ging als um die Suche nach ihrem Enkelkind. Der Sohn der Frau, ihr einziges Kind, war erstochen worden, wie es aussah von seiner eigenen Ehefrau, die seitdem verschwunden war und das Mädchen mitgenommen hatte.

Die ältere Frau seufzte. »Die Kleine ist gemeinsam mit meiner Schwiegertochter verschwunden. Der Frau, die meinen Sohn auf dem Gewissen hat.«

Dorothea nickte. »Verstehe. Aber momentan wissen wir weder, ob Ihre Schwiegertochter etwas mit dem Mord an Ihrem Sohn zu tun hat, noch, ob das Mädchen bei ihr ist.«

Ingeborg Lossmann presste ihre Lippen zu einem Strich zusammen. »Ihre Kollegen haben bereits gut recherchiert, Bekannte und Freunde von meinem Thomas und diesem … diesem Miststück befragt.«

Dorothea hob die Augenbrauen. »Und was kam raus?«

»Meine Schwiegertochter glaubte, dass mein Sohn eine Affäre hatte, was vollkommener Blödsinn ist.«

»Wer sagt das?«

»Valerie Otto, eine Freundin meiner Schwiegertochter. Sie hatte kurz vor der furchtbaren Tragödie meine Enkeltochter beaufsichtigt, weil Theodora meinte, meinem Sohn nachspionieren zu müssen.«

Doro runzelte die Stirn. »Um alles noch mal zusammenzufassen: Diese Theodora glaubte, dass ihr Mann eine Affäre hatte, gab ihrer Freundin das gemeinsame Kind in Obhut, um ihm nachzuspionieren?«

Die ältere Frau nickte.

»Weiß diese Valerie, wie diese ›Spionage‹ ausging?«

Die ältere Frau schluckte angestrengt. »Als Theodora meine Enkeltochter bei Valerie abholte, war sie wohl völlig fertig, aggressiv und irgendwie nicht ansprechbar.«

»Und trotzdem hat Valerie ihr das Kind übergeben?«

»Was hätte sie denn machen sollen?«

Doro seufzte. »Und dann?«

»Dann hörten Nachbarn ein schreckliches Gekreische aus dem Haus meines Sohnes und verständigten die Polizei. Als Ihre Kollegen vor Ort eintrafen, konnte nur noch der Tod meines Jungen festgestellt werden. Meine Schwiegertochter und meine Enkelin sind seither verschwunden.«

»Ich habe von dieser furchtbaren Sache gehört und möchte Ihnen meine tiefe Anteilnahme ausdrücken. Aber ganz ehrlich – wie kommen Sie darauf, dass Theodora Ihren Sohn ermordet hat? Wurde diesbezüglich ein handfester Beweis gefunden? Ich meine, wies Ihr Sohn … seine Leiche … Spuren auf, die auf Ihre Schwiegertochter als Täterin hindeuten?«

Die Frau sog hörbar die Luft ein und senkte den Blick. Als sie wieder aufsah, schien sie all ihre Kräfte gebündelt zu haben, denn ihr Gesichtsausdruck wirkte jetzt deutlich gefasster als noch vor wenigen Sekunden. »Es gab keine Spuren, die auf einen Einbruch hindeuten, überall waren Fußabdrücke, die zu meiner Schwiegertochter gehören könnten, die Fingerabdrücke auf der Tatwaffe konnten noch nicht verglichen werden, weil Theodora nicht auffindbar ist. Aber das ganze Drumherum, die angebliche Affäre meines Sohnes, das Verhalten meiner Schwiegertochter, als sie das Kind bei Valerie abholte, die Vorgeschichte …« Die Frau brach ab, sah Oberkommissarin Dorothea Augustin unbehaglich an.

»Was für eine Vorgeschichte meinen Sie?«

Die Frau hob die Schultern. »Sie hatte wohl früher schon mal psychische Probleme, so genau weiß ich das nicht, hat wohl irgendwas mit ihrer Familie zu tun, zu der es keinerlei Kontakt mehr gibt – seit Jahren schon nicht.«

Doro nickte, machte sich nebenbei ein paar Notizen, sah schließlich auf. »Was genau wollen Sie von mir?«

Ingeborg Lossmann atmete tief durch. »Ich habe das Gefühl, dass Ihre Kollegen vor allem in Bezug auf den Mord an meinem Jungen ermitteln, was selbstverständlich wichtig ist. Wer immer das getan hat, muss dafür bestraft werden. Aber Mathilda, meine Kleine, sie ist alles, was mir nach dem Tod meines Sohnes noch geblieben ist. Ich kann nicht hier sitzen und abwarten, einfach nichts tun. Mathilda ist erst fünf Jahre alt und vielleicht in großer Gefahr. Deswegen flehe ich Sie an – finden Sie sie. Suchen Sie meine Enkeltochter!«

Nachdem Dorothea Ingeborg Lossmann zur Tür begleitet hatte, setzte sie sich wieder an ihren Schreibtisch und ging ihre Notizen noch mal durch. Sie war gerade dabei, ihre Gedanken zu sortieren, als Sandro Schäfer, ihr Kollege, den Kopf zur Tür hineinsteckte. »Hast du eine Minute?«

Doro seufzte. »Komm rein.«

»Der Boss hat gesagt, dass ich dir zur Hand gehen soll. Es geht da um ein verschwundenes Mädchen?«

Doro runzelte die Stirn. »Woher weiß die Chefetage davon?«

Sandro hob die Schultern. »Ich glaube, dass die Großmutter vor dir bereits beim Chef vorgesprochen hat. Der Fall hat oberste Priorität. Ein anderes Team kümmert sich um die verschwundene Mutter und versucht zu klären, was hinter dem Mord an dem Mann steckt. Ob sie tatsächlich was damit zu tun hat oder auch nur ein Opfer ist. Wir beide hingegen sollen uns einzig und allein darum kümmern, das Kind zu finden.«

Doro lehnte sich zurück, fixierte Sandro. »Dann ist es eben, wie es ist. Hast du dich schon eingelesen?«

Sandro verzog das Gesicht. »Ich war bis vorhin bei Hannes, hab in diesem Klubfall ermittelt.«

Doro nickte, schob ihrem Kollegen den Block über den Tisch. »Das kannst du nachher mal überfliegen, mehr hab ich für den Moment auch noch nicht. Im Grunde müssen wir, um eine Chance zu haben, das Kind zu finden, herausfinden, was es mit dem Mord auf sich hat, wie die Ehefrau darin verwickelt ist, wo sie sich befindet. Am besten fangen wir mit der Wohnung der Familie an, befragen Nachbarn, Freunde und Angehörige, versuchen, herauszufinden, was das für Leute sind, wie das Umfeld die familiäre Situation einschätzt. Vor allem die Sichtweise der Freundin der Familie interessiert mich sehr.«

Sandro nickte. »Dann würde ich vorschlagen, dass wir uns gleich auf den Weg machen.«

Doro schüttelte den Kopf und grinste. »Nicht ohne eine Vermisstenmeldung rauszugeben.« Sie wedelte mit dem Foto des kleinen Mädchens vor Sandros Nase herum. »Außerdem muss ich noch ein paar Pressemitteilungen versenden, dann bin ich so weit.« Plötzlich stutzte sie. »Weißt du, was seltsam ist?«

Sandro sah sie ratlos an.

»Die Mutter des Toten hat mir lediglich ein Foto ihrer Enkelin ausgehändigt. Ich brauche aber auch ein Bild der Mutter. Wir müssen schließlich eine Großfahndung nach Theodora Lossmann einleiten, wie soll das ohne Foto gehen.«

Sandro winkte ab. »Kannst du dir sparen. So wie ich das mitbekommen habe, haben sich ein paar Kollegen längst darum gekümmert.« Er machte eine auffordernde Kopfbewegung in Richtung des Computers. »Ist bestimmt schon abrufbar.«

Doro räusperte sich und gab den Namen der Frau in das Suchfeld der internen Datenbank ein. Keine zwei Sekunden später ploppte das Porträt samt Beschreibung von Theodora Lossmann auf. Eine hübsche Enddreißigerin mit einem sympathischen Lächeln, die ein winziges Baby an ihre Brust gedrückt hielt.

Doro räusperte sich. »Hatten die kein anderes Foto?«

Sandro hob die Schultern. »Da musst du Ingeborg Lossmann fragen. Sie hat uns das Bild zur Verfügung gestellt.«

Doro lehnte sich zurück, schüttelte den Kopf. Die Frau wirkte alles andere als wie eine gefährliche Irre. Doch dass man in die Köpfe der Menschen nicht hineinsehen und sich schnell von einem unscheinbaren Äußeren blenden lassen konnte, hatte sie in der Vergangenheit schon des Öfteren auf die harte Tour lernen müssen. Sie schloss das Programm und fuhr den PC runter. Dann sah sie auf die Uhr. »In Anbetracht der Umstände wird das heute ein langer Tag werden.«

Sandro grinste und ging zur Tür. »Ist ja mal ganz was Neues. Ich geh uns mal den Schlüssel zur Lossmannschen Villa besorgen …«

Auf der Fahrt in die Firnhaberau schwiegen sie beide. Vor dem Haus der Familie angekommen, stellten sie das Dienstfahrzeug in der Einfahrt ab und gingen auf den mit hübsch bepflanzten Terrakottatöpfen dekorierten Eingangsbereich zu. Im Innern des Hauses schlug ihnen sofort der Geruch getrockneten Blutes entgegen.

Doro schluckte gegen die Übelkeit an. Inzwischen war sie seit vielen Jahren dabei, doch daran würde sie sich wohl nie gewöhnen. Sie gingen den Gang entlang, dem immer strenger werdenden Gestank entgegen, bis sie in der Küche die Reste der inzwischen eingetrockneten Blutlache fanden. »Hier wurde der Mann gefunden«, sagte Sandro leise und sah zu Dorothea. Er wirkte betroffen, sah Doro unbehaglich an. »Es hat nur eine Stichwunde gegeben und die war letztendlich tödlich, weil das Messer die Lunge durchbohrt hat. Thomas Lossmann ist an seinem eigenen Blut erstickt – ein grauenvoller Tod.« Sandro seufzte und wandte sich ab.

Dorothea sah sich noch einmal in der Küche um, dann machte sie sich auf den Weg, den Rest der Wohnung zu inspizieren. »Weißt du, was seltsam ist?«, meinte sie schließlich und sah ihren Kollegen an.

Sandro hob fragend die Augenbrauen.

»Es gibt im ganzen Haus kein einziges Familienfoto. Und auch in den Schränken hab ich keins gefunden. Nicht mal ein Album. Komisch oder?«

Sandro grinste. »So merkwürdig finde ich das nicht. Zu Zeiten der Digitalfotografie haben die meisten Leute ihre Erinnerungen auf Festplatten von Mobilgeräten gespeichert.« Wie zum Beweis zog er sein Smartphone hervor und zeigte Dorothea die Bildergalerie. »Und jetzt frag mich mal, wie viele Familienfotos in meiner Bude an den Wänden hängen?«

Doro hob grinsend die Schultern. »Somit wäre das auch geklärt.« Sie ging ins Schlafzimmer, öffnete die Glastüren des überdimensionalen Kleiderschrankes. »Wow«, entfuhr es Sandro Schäfer ehrfürchtig, als er die akkurat aufgereihten Designerkostüme und Kleider sah, die unzähligen Handtaschen, welche in den Fächern verstaut waren, die hübschen Schuhe und Dessous. »Unsere Flüchtige scheint ein Modepüppchen zu sein.« Doro warf ihm einen Seitenblick zu und bemerkte dessen abfälligen Gesichtsausdruck.

»Ich hab nicht den Eindruck, als wäre die Besitzerin all dieser hübschen Klamotten überstürzt abgehauen. Alles hier sieht aus, als wäre es mit System eingeräumt worden. Ich würde sogar so weit gehen, zu sagen, dass nichts Großartiges fehlt.«

»Dann ist die Frau abgehauen, ohne was mitzunehmen?«

Doro nickte. »Und genau das passt für mich nicht. Guck dir den Schrank an. Die Frau muss ein echter Ordnungsfanatiker sein. Der Rest des Hauses, sowie der Inhalt der Schränke vor allem in der Küche, bestätigen meine Vermutung. Wahrscheinlich ist diese Frau so was wie ein Kontrollfreak, überlässt gar nichts dem Zufall. Und dann soll sie einfach ihren Mann getötet haben, das Kind geschnappt und abgehauen sein? Weil sie dachte, er betrügt sie?«

Sandro Schäfer verzog das Gesicht. »Wie heißt es so schön – im Krieg und in der Liebe ist alles erlaubt.«

Doro stieß die Luft aus. »Schon, aber trotzdem passt irgendwas an diesem Fall nicht so recht zusammen. Okay – der Mann war Arzt und laut seiner Mutter steinreich, verdiente gut, hatte vielleicht eine Affäre. Das alles erklärt aber trotzdem nicht, weshalb seine Frau dann gleich an Mord dachte. Ich meine, eine Affäre ist noch lange nicht das Ende einer Ehe.«

»Und wenn sie dachte, dass er sie wegen der anderen verlässt? Vielleicht hat er ihr sogar gesagt, dass er sie verlassen will. Vielleicht war es ja ein geplanter Mord.«

Doro sah Sandro Schäfer einen Augenblick nachdenklich an, schüttelte dann langsam den Kopf. »Diese Möglichkeit passt wiederum nicht mit der Aussage von Valerie Otto zusammen. Valerie hatte das Mädchen der Lossmanns in Obhut, während

Theodora ihrem Mann nachspionierte. Als sie ihr Kind wieder abholte, wirkte sie auf ihre Freundin aggressiv, geschockt, vollkommen mit den Nerven runter. Diese Beschreibung einer Gemütslage passt meines Erachtens vor allem zu einer Frau, die erst unmittelbar zuvor hinter die Affäre ihres Mannes gekommen ist und nicht zu jemandem, der es schon lange weiß und Mordabsichten hegt.«

Sandro nickte. »Also wissen wir jetzt zumindest einmal, dass Theodora Lossmann den Mord an ihrem Mann – falls sie es denn gewesen ist – nicht geplant hat.«

»Genau«, erklärte Doro. »Sie hatte an der Neuigkeit zu knabbern, hat ihn sicherlich erst später konfrontiert. Also wenn er beabsichtigte, sie zu verlassen, dann hat er es ihr erst in dieser Situation gesagt. Die Frage lautet also – ist Theodora Lossmann daraufhin so wütend geworden, dass sie mit einem Messer auf ihn losgegangen ist? Doch welchen Zweck sollte sie damit verfolgen? Ihr muss klar gewesen sein, dass sie im Falle des Todes ihres Ehemanns als die Hauptverdächtige dasteht. Vor allem dann, wenn die Geliebte auspackt.«

»Allerdings war Geld schon immer ein gutes Motiv für Mord«, warf Sandro ein. »Wenn er beabsichtigte, sie zu verlassen, dann hätte sie über kurz oder lang ihr luxuriöses Leben aufgeben müssen.« Er riss die Augen auf. »Vielleicht ging es aber auch gar nicht um Geld allein. Vielleicht hat er ihr ja angedroht, ihr das Kind zu nehmen. Im Grunde kann so vieles dahinterstecken, was den ganzen Fall umso undurchsichtiger macht.«

Doro seufzte. »Uns bleibt sowieso nichts anderes übrig, als bei null anzufangen.« Sie warf einen letzten Blick in den Schrank. »Hier fehlt jedenfalls nicht ein einziges Stück – da würde ich meinen Hintern drauf verwetten.«

Im Kinderzimmer angekommen, begutachteten sie die Schränke des Mädchens, doch auch dort ließ nichts auf eine überstürzte Flucht schließen.

»Den Computer hat die Spurensicherung mitgenommen?«

Sandro nickte. »Ebenso sämtliche mobilen Geräte.«

»Was meinst du damit?«

Sandro grinste. »Es gab einen Computer, zwei Notebooks und drei Smartphones. Eines davon lief auf Theodora Lossmann, die anderen auf ihren Mann.«

»Und alle drei wurden gefunden?«

Sandro nickte. »Vielleicht dachte sie, dass man sie über das Handy orten könnte?«

Doro nickte. »Das hat sie also offensichtlich mit Absicht hier gelassen. Wie sieht es mit Portemonnaie und Ausweisen aus? Ihre Handtasche – ist die gefunden worden?«

Sandro schüttelte den Kopf. »Nur der Ausweis vom Ehemann und seine Brieftasche.«

»Also hat sie definitiv Bargeld bei sich ...« Doro überlegte. »Allerdings reicht das nicht ewig. Wir müssen schnellstmöglich die Kontoauszüge kontrollieren, um herauszufinden, wann und wie hoch die letzte Barabhebung war. Anschließend informieren wir die Kreditkartengesellschaften. Wenn Theodora Lossmann irgendwo Geld abhebt, ein Hotel bezieht, was auch immer, dann bekommen wir das mit und finden sie. Und mit ihr das kleine Mädchen.«

Kapitel 3

Oktober 2016
Dresden

»Wir haben nichts, um genau zu sein. Gar nichts!« Manfred Hentschel von der Kripo Dresden rieb sich mit beiden Händen müde übers Gesicht. Frustriert starrte er auf die Fotos der vier Mädchen an der Wand, fragte sich nicht zum ersten Mal am heutigen Tag, wer so grausam sein konnte, unschuldiges Leben zu nehmen. Er stand auf, ging an die Korkwand, an der die Bilder angepinnt waren, sah sich jedes der Mädchen genau an, versank im unbeschwerten Gesichtsausdruck von Marion Bergmann, studierte die ernsten Züge von Andrea Rosenberger, deren Leiche man zwei Wochen nach ihrem Verschwinden an einer Bushaltestelle in Freital gefunden hatte, blieb schließlich vor dem Porträt von Djamila Walter stehen, die inzwischen seit Monaten als vermisst galt. Er seufzte und nahm das Bild von Annemarie Weber von der Wand, ging zu seinem Schreibtisch zurück. Er erinnerte sich noch, als wäre es erst gestern gewesen, dass ihre Eltern hier in diesem Büro gesessen und ihr Kind als vermisst gemeldet hatten. Manfred räusperte sich. Der Vater des Mädchens hatte bis zuletzt gehofft, seine Tochter wohlbehalten wieder in seine Arme schließen zu können – das hatte Manfred in seinen Augen gesehen. Die Mutter hingegen hatte bereits nach zwei Tagen gewusst, auf was genau sie sich vorbereiten musste. Manfred hatte schon immer ein Gespür dafür gehabt, Menschen zu durchschauen, aus ihrer Körperhaltung und den Blicken zu lesen, und so war es auch bei den Webers gewesen. Als sie Annemaries Leiche neun Tage nach ihrem Verschwinden auf einem verlassenen Grundstück in einem Dresdner Vorort gefunden hatten, war sie es gewesen, die nicht vollends zerbrochen war und ihrem Mann in dieser schweren Stunde Stütze sein konnte. Manfred strich gedankenverloren einen Fussel von der Fotografie, lehnte sich zurück. Die vier Mädchen waren allesamt schlank, mittelgroß und hellhaarig – das jedoch waren auch die einzigen Merkmale, die in irgendeiner Art und Weise zusammenpassten.

Ansonsten gab es keine Gemeinsamkeiten, außer, dass Marion und Annemarie auf das gleiche Gymnasium gingen. Alle vier Mädchen wohnten in und um Dresden verteilt, standen in keinerlei verwandtschaftlichem oder freundschaftlichem Verhältnis. Auch stammten sie aus unterschiedlichen Gesellschaftsschichten, hatten verschiedene Hobbys – um es kurz zu machen –, Manfred Hentschel und sein Team hatten nicht die geringste Spur zum Täter. Doch das Schlimmste daran war die Gewissheit, dass er es wieder tun und es weitere Opfer geben würde. Im Grunde rechneten sie täglich mit einem neuen Entführungsfall, nachdem auch Hermann Legler von der OFA prognostiziert hatte, dass es sich um einen sehr gut organisierten und besonders kaltblütigen Serientäter handele, der so lange weiter morden würde, bis es ihnen endlich gelang, ihn zu stoppen und einzubuchten.

Hentschel ließ seine Handfläche auf die Tischplatte knallen und stieß einen wütenden Zischlaut aus. Er wusste weder, wo sie im Zuge ihrer Ermittlungen weitermachen sollten, noch, wo es Sinn machte, Befragungen zu wiederholen oder erneut im Umfeld der Mädchen herumzustochern. So schmerzlich es auch war, zuzugeben – sie wussten bisher noch nicht einmal sicher, wo und wie die Mädchen in den Fokus des Täters geraten waren. Manja Dressel – Hentschels jüngere Kollegin und Kommissariatsanwärterin – war felsenfest davon überzeugt, dass es Zufallsbegegnungen waren. Ihm jedoch fiel es schwer, daran zu glauben, dass drei – vielleicht sogar vier – junge Mädchen hatten sterben müssen, weil sie zur falschen Zeit am falschen Ort dem falschen Menschen über den Weg gelaufen waren.

Was die Ermittlungen selbst anging, da war Hentschel sicher, hatten sie jede Möglichkeit, jeden noch so vagen Hinweis in Betracht gezogen und nachverfolgt, nichts dem Zufall überlassen. Doch weder die Ortung der Mobilgeräte der Mädchen hatte etwas ergeben, noch waren an den Leichen selbst irgendwelche Spuren gefunden worden. Auch die Onlineaktivitäten der Opfer wiesen keinerlei Auffälligkeiten auf. Alle vier waren fröhliche Teenager, hatten Facebook- und Twitter-Accounts, waren online sehr aktiv, achteten aber penibel darauf, nicht jede Freundschaftsanfrage anzunehmen, blockten plumpe Anmachen ab, hatten ein gesundes Verhältnis zur Onlinewelt. Gemeinsam mit seinem Team hatte er Klassenkameraden befragt, Freunde und Familienangehörige, Nachbarn, Bekannte und sogar Lehrer der Mädchen – alles ohne Erfolg. Niemand hatte etwas gesehen oder gehört, niemandem war etwas Seltsames in Bezug auf die Mädchen aufgefallen. Der Täter hatte aus dem Nichts heraus zugeschlagen, jedes einzelne der Mädchen zuerst tagelang gefangen gehalten und misshandelt, schlussendlich erdrosselt, die leblosen Körper anschließend gereinigt und an verschiedenen Plätzen gänzlich unbemerkt abgelegt. Was Manfred Hentschel seltsam fand – der Täter hatte seine Opfer komplett entblößt abgelegt, dennoch gab es keinerlei Hinweise auf sexuellen Missbrauch. Stattdessen wiesen alle Opfer Spuren körperlicher Misshandlungen auf, wie blaue Flecken, Hautabschürfungen und Prellungen. Für Legler von der OFA ein eindeutiger Hinweis darauf, dass die Opfer für etwas bestraft wurden, die Handlungen vor den Morden also der eigentliche Sinn und Zweck der Taten darstellten.

Manfred Hentschel stand auf und hängte das Foto wieder zu den anderen. Anschließend zog er sein Notizbuch aus der Tasche seines Jacketts, ging seine Stichpunkte zum gefühlt hundertsten Male durch. Er war derart in seine Arbeit vertieft, dass er zusammenzuckte, als das hausinterne Telefon zu klingeln begann. »Hentschel«, meldete er sich knapp und wartete ab. Am anderen Ende der Leitung war Sybille – Bille – Ullmann, die neue Telefonistin. Sie klang aufgeregt. »Eben hat mich Eberhart Burgstaller angerufen: Ihm gehört der Schrottplatz in Friedrichstadt. Er hat heute ausnahmsweise seinen Hund dabei, weil die Handwerker im Haus sind.«

»Komm zur Sache«, stieß Manfred ungeduldig aus.

Bille hüstelte verlegen. »Der Hund hat eine Leiche aufgespürt. Sie muss schon länger dort gelegen haben und den Beschreibungen zufolge handelt es sich um eine Frau.«

Am Tatort angekommen, tummelten sich bereits die Mitarbeiter der Spurensicherung inklusive des diensthabenden Arztes, sodass Hentschel seine liebe Not hatte, zur Fundstelle des Leichnams durchzukommen.

Ihm war auf Anhieb klar, dass es sich um die Überreste der vermissten Djamila handelte, auch wenn der Verwesungsprozess bereits so stark fortgeschritten war, dass man kaum noch etwas erkannte. Haut und Muskelmasse der Extremitäten hingen in Fetzen von den Knochen, der Leib der jungen Frau war aufgetrieben und schillerte in allen Farben. Die eigentlich hellen Haare waren schmutzig braun von der Erde verfärbt. Beim Anblick des leblosen Körpers schluckte er angestrengt, warf seiner Kollegin, die vor Entsetzen wie erstarrt war, einen Seitenblick zu. »Was denkst du?«

Manja hob die Schultern. »Wir haben vier als vermisst gemeldete Mädchen, von denen bislang drei ermordet aufgefunden wurden. Das vierte Mädchen gilt nach wie vor als vermisst.« Sie hob die Schultern, sah Hentschel betreten an. »Diese Leiche liegt seit Monaten hier und Djamila Walter wird seit Monaten vermisst. Eins und eins ergibt immer noch zwei, von daher ...« Sie wandte sich ab.

Hentschel räusperte sich. »Hundertprozentige Sicherheit bekommen wir erst nach der Obduktion. Ich kümmere mich später darum, besorgst du uns den Zahnstatus von Djamila Walter?« Er sah die Leiche an und seufzte. »Eine Identifizierung durch die Angehörigen dürfte in diesem Zustand wohl nahezu unmöglich sein.«

»Ich hab die Nase voll von der ewigen Warterei«, wetterte Oberkommissar Manfred Hentschel und sah seine Kollegin wütend an. »Die Obduktionsergebnisse sind äußerst vage, der Zahnstatus dauert ewig, was denken die eigentlich, wie lange ich die Eltern noch hinhalten kann?«

Manja schüttelte den Kopf. »Das Problem ist halt der schlechte Zustand des Leichnams. Da dauert einfach alles viel länger ...«

»Weiß ich selbst«, brummte Hentschel und stöhnte. Seine Leibschmerzen brachten ihn noch um, trotzdem gestand er es sich nicht zu, früher nach Hause zu fahren und einige Stunden zu schlafen oder auszuruhen. Stattdessen starrte er wie hypnotisiert auf das Telefon, wartete auf Nachricht aus der Gerichtsmedizin, zur endgültigen Bestätigung, ob es sich bei der vor zwei Tagen gefundenen Leiche tatsächlich um Djamila Walter handelte. Erst wenn dies zu hundert Prozent bestätigt war, konnten sie anfangen, im Umfeld Befragungen durchzuführen sowie das Privat- und Familienleben des Mädchens auf den Kopf zu stellen – alles in der Hoffnung, endlich Licht ins Dunkel zu bringen. Bisher wussten sie nur, dass es sich in der Tat um die Überreste eines jungen Mädchens im Alter zwischen vierzehn und achtzehn handelte und es keines natürlichen Todes gestorben war. Selbstverständlich nicht – wenn man bedachte, wie und unter welchen Umständen der leblose Körper gefunden worden war. Was die Ermittlungen zusätzlich erschwerte, war die Tatsache, dass dieses Mädchen nicht wie die anderen drei erdrosselt worden war, sondern an einem Genickbruch gestorben war. Was Misshandlungsspuren und Verletzungen anging, hatte der Gerichtsmediziner zumindest Abschürfungen gefunden, von denen aber niemand genau sagen konnte, ob sie durch die Erde und Steinbrocken des Begräbnisses zustande gekommen waren oder vom Täter stammten.

Alles in allem eine mehr als frustrierende Ausgangssituation, denn sollte sich herausstellen, dass es sich um Djamila handelte, mussten sie in Betracht ziehen, dass ihr Tod vielleicht doch nicht auf das Konto des gesuchten Täters ging, was die Ermittlungen um ein Vielfaches erschweren würde.

Manfred zuckte zusammen, als das Smartphone in seiner Tasche zu vibrieren begann. Er zog es hervor, warf einen Blick aufs Display, atmete tief durch, bevor er dranging. Er spürte Manjas Blick auf sich, während er die Worte des Gerichtsmediziners auf sich wirken ließ. Nachdem er wenige Minuten später das Gespräch beendet hatte, sah er seine Kollegin an. »Wir müssen es den Eltern sagen, es besteht keinerlei Zweifel mehr.«

Manjas Gesicht war ausdruckslos, doch Manfred wusste, dass auch ihr naheging, was ihnen beiden nun bevorstand. Sie waren gezwungen, das Hoffen einer verzweifelten Familie zu zerstören, einem Elternpaar zu sagen, dass sein Kind tot war.

In Momenten wie diesem hasste er seinen Job aus tiefster Seele.

Er sah auf die Uhr, seufzte. »Lass uns das gemeinsam erledigen …«

Manja antwortete nicht, stand aber auf, zog ihren Blazer über. »Legen wir dann auch gleich mit den Ermittlungen los?«

Hentschel überlegte einen Augenblick, dann nickte er. »Bis auf Weiteres gibt es in meinem Team keinen Feierabend. Wir arbeiten in Schichten, schlafen in Etappen.«

Manja schluckte und drückte die Schultern durch. »Dann melde ich mich freiwillig für Spät- und Nachtdienst, übernehme die Beauftragung der Techniker, schicke die Spusi noch mal zum Haus der Eltern, damit sie das Zimmer des Mädchens auseinandernehmen. Wenn du willst, kann ich noch heute Abend die engsten Freundinnen des Mädchens befragen, versuchen, rauszufinden, ob es etwas gibt, was wir noch nicht wissen. Einen Freund oder heimlichen Verehrer beispielsweise. Oft fällt den Leuten erst nach einiger Zeit noch etwas ein, das wichtig für die Ermittlungen ist.«

Manfred Hentschel runzelte die Stirn. »Und wo bin ich bei diesem Vorhaben?«

Manja Dressel verzog das Gesicht zu einem betretenen Lächeln. »Deine Augenringe reichen bis zu den Knien«, flachste sie und zerrte wie zum Beweis einen kleinen Taschenspiegel aus ihrer Gürteltasche, hielt ihn Manfred unter die Nase. »Außerdem hast du wieder Bauchschmerzen, das erkenne ich an deinem Gesichtsausdruck. Sonst noch Fragen oder Einwände? Am besten wird sein, du haust dich ein paar Stunden aufs Ohr und wirfst zuvor ein paar Aspirin oder so was ein. Wenn du zusammenklappst, nutzt du hier nämlich niemandem mehr.«

Kapitel 4

Mai 2017
Augsburg

Das Kinn auf die Hand gestützt, starrte Doro auf den Stapel Papier vor sich, der aus Bankauszügen und Kreditkartenabrechnungen bestand. Wenn sie den Zahlen Gauben schenkte, bestand die letzte Bargeldabhebung der Lossmanns aus 250 Euro vor über einer Woche. Auch die Kreditkartenabrechnungen hatten nichts anderes ergeben. Innerhalb des letzten Monats waren einige kleine Posten abgebucht worden, bestehend aus Restaurantbesuchen, Onlinekäufen sowie ein paar Einkäufe im hiesigen Einkaufszentrum – all diese Zahlungen fielen auf die Zeit vor dem Tod ihres Ehemanns. Die 250 Barabhebung – das hatte Doro im Kopf überschlagen – reichte angesichts der Hotel- und Pensionspreise hier in Augsburg noch nicht einmal für ein paar Tage, wenn man bedachte, dass davon ja auch Essen gekauft werden musste. Vorausgesetzt natürlich, dass tatsächlich Theodora das Geld abgehoben hatte, denn das Konto lief auf den Namen ihres Mannes. Blieb die Frage, ob die Lossmanns Bargeld im Hause hatten, welches Theodora und ihrer Tochter jetzt über die schwere Zeit helfen konnte.

Nach einem Anruf bei Ingeborg Lossmann waren Sandro und sie auch nicht viel schlauer. Die alte Dame war sicher, dass ihr Sohn für Notfälle irgendwo Bargeld gebunkert hatte, konnte aber nicht sagen, wo und wie viel. Daher mussten sie nun davon ausgehen, dass Theodora Lossmann über mehr als 250 Euro verfügte, sich mit ihrer Tochter in einem Hotel eingemietet hatte. Eine Fahndung nach Mutter und Kind hatte sie in Auftrag gegeben, doch die Chefetage hatte darauf bestanden, beide Vermisstenfälle separat voneinander zu behandeln, solange nicht hundertprozentig sicher war, dass Theodora das Kind tatsächlich bei sich hatte. Außerdem, so glaubte ihr Vorgesetzter, war es klüger, die Bevölkerung auf ein hilfloses kleines Mädchen zu sensibilisieren, in der Hoffnung, dass dies mehr Aufmerksamkeit auf sich zog. Eine Mutter mit Kind im Schlepptau, auf der Flucht vor dem Gesetz würde bei Weitem nicht solche Wellen schlagen. Und oberste Priorität war nun mal die Suche nach dem Mädchen, es sicher und wohlbehalten der Großmutter zuzuführen. Am Ende hatte Doro sich geschlagen gegeben und zwei getrennte Vermisstenmeldungen rausgegeben, die Pressemitteilungen umformuliert. Jetzt konnten sie nur hoffen, dass Theodora sich nach wie vor in der Gegend oder zumindest in Deutschland aufhielt und nicht längst über alle Berge war, sich nach Italien, Spanien oder sonst wohin abgesetzt hatte, denn dann würden sie sie niemals finden.

Andererseits hatte sie neulich eine Reportage gesehen oder war es eine Fernsehserie gewesen, in der es um eine Familie gegangen war, die ihre eigene Entführung inszeniert hatte, um der Verhaftung des Ehemannes, der Geld unterschlagen hatte, zu entgehen. Als die Polizei endlich dahintergekommen war, dass gar keine Entführung vorlag, glaubten alle, dass die Familie längst über alle Berge sei. Stattdessen hatte sie sich ganz in der Nähe ihrer Wohnung in einem leer stehenden Haus einquartiert, hielt sich insgesamt über ein halbes Jahr dort versteckt. Als man sie schließlich doch fand und verhörte, erklärten die Eltern, dass sie es einfach nicht fertig gebracht hatten, alles hinter sich zu lassen.

Doro seufzte. Dann beschleunigte sich ihr Herzschlag. Mit fliegenden Fingern ging sie erneut die Auszüge und Abrechnungen durch.

Schließlich lehnte sie sich enttäuscht zurück. »Wäre ja auch zu einfach gewesen …«, murmelte sie, griff nach dem Telefon und tippte die Nummer von Ingeborg Lossmann ein. Die Frau ging gleich nach ersten Klingeln dran.

»Wissen Sie zufällig, ob Ihr Sohn ein Feriendomizil besitzt? Eine Wohnung oder ein Haus? Einen Bungalow vielleicht?«

Am anderen Ende der Leitung herrschte Stille. »Sie haben noch immer keine Ahnung, wo sich meine Enkeltochter aufhält, stimmt's?« Die Stimme der alten Dame klang barsch.

Doro schluckte, dann spürte sie, wie eine Welle des Zorns sie durchströmte. »Frau Lossmann, Ihre Ungeduld und Ihr offensichtlicher Zorn bringen uns nicht weiter. Beantworten Sie doch einfach meine Frage!«

Sie hörte, wie Ingeborg Lossmann am anderen Ende der Leitung tief durchatmete. Schließlich stieß die Frau einen ergebenen Seufzer aus. »Ich weiß nichts von einem Ferienhaus. Würde es ein solches geben, hätte mir mein Sohn davon erzählt. Wir hatten keine Geheimnisse voreinander.«

»Und Ihre Schwiegertochter? Könnte sie Wohneigentum mit in die Ehe gebracht haben?«

Ingeborg Lossmann machte einen abfälligen Grunzlaut. »Meine Schwiegertochter kam mit leeren Händen. Soviel ich weiß, stammt sie aus einer sogenannten Problemfamilie. Der Vater ein Säufer, die Mutter …« Sie brach ab. »Ist auch egal. Ich bin mir absolut sicher, dass meine Schwiegertochter kein Haus besitzt. Sie hatte nichts, war arm wie eine Kirchenmaus, als mein Sohn und sie einander kennenlernten.«

»Okay«, sagte Doro und bedankte sich. Nachdem sie den Hörer aufgelegt hatte, wählte sie die Nummer des Nebenbüros und bat Sandro, zu ihr zu kommen.

Sie wartete, bis er sich ihr gegenübergesetzt hatte, dann brachte sie ihn auf den laufenden Stand ihrer Recherchen.

Er hörte schweigend zu, nickte hin und wieder, dann stieß er ein leises Stöhnen aus. »Ich hab auch nicht so viel mehr«, gab er schließlich kleinlaut zu und lehnte sich zurück. Er wirkte müde, abgekämpft und frustriert, sein Gesichtsausdruck spiegelte so ziemlich genau das wider, wie Doro sich im Moment fühlte.

»Die Techniker haben das Onlineleben der Familie auf den Kopf gestellt und absolut nichts gefunden. Thomas Lossmann scheint in seinem Leben nur zwei Punkte gehabt zu haben, die ihm wichtig waren: seine Familie und sein Job. Von ihm gibt es weder ein Facebook-Profil noch einen Twitter-Account, kein Instagram – absolut gar nichts. Dieser Mann muss ein Heiliger gewesen sein, wir haben noch nicht einmal einen Porno in seinem Verlauf gefunden oder das Foto einer nackten Frau auf seinem Handy. Er verbrachte seine Freizeit wohl damit, online medizinische Fachzeitschriften zu studieren, schrieb auch selbst an einem Bericht zum Thema Gefäßchirurgie. Langsam bezweifle ich sogar, dass er eine Affäre hatte. Jemand wie er wandelt normalerweise übers Wasser und verwandelt Bier in Wein.«

Doro lachte. »Es hat noch nie irgendjemand Bier in Wein verwandelt. Du meintest wohl Wasser in Wein.«

Sandro hob die Schultern. »Aber du kapierst, worauf ich hinauswill. Der Typ war ein verdammter Heiliger und ich begreife einfach nicht, warum jemand ihn abgestochen hat.«

Doro hob die Augenbrauen empor. »Jemand? Was meinst du damit? Warst du nicht vorhin noch der Ansicht, dass es nur die Ehefrau gewesen sein kann, weil sie ein Motiv hat, vielleicht sogar mehrere?«

Sandro schluckte. »Die Techniker haben auf dem Smartphone der Frau ihren Terminkalender gefunden. Sie hat zwei Tage vor dem Tod des Mannes einen Termin für ihn zur Darmspiegelung ausgemacht. Und sie hat in dieser Woche mehrere Termine für die gemeinsame Tochter eingetragen. Einmal zu einem Kindergeburtstag nächste Woche bei einer Kitafreundin, einen Zahnarzttermin für nächsten Monat und einen Kinderarzttermin für übermorgen. Welche Frau, die den Mord an ihrem Mann plant, macht vorher noch Termine bei irgendwelchen Ärzten aus? Dann müsste sie eine berechnende Psychopathin sein, die bewusst eine falsche Fährte legt, und das kann ich mir beim besten Willen nicht vorstellen …«

»Das bestätigt meine Vermutung, dass sie von der angeblichen Affäre überrumpelt wurde, nichts wusste und somit den Mord an ihrem Mann zumindest nicht geplant hat. Falls sie es also gewesen sein sollte, war es eine Tat im Affekt, wegen der sie panisch das Haus verlassen hat. Im Grunde muss sie also irgendwann Spuren hinterlassen, weil ihr zwangsläufig das Geld ausgehen wird, selbst wenn sie mehr als 250 Euro hat.«

»Also brauchen wir nur Geduld, dann läuft sie uns irgendwann ins Netz?« Sandro sah Doro zweifelnd an.

Die schüttelte den Kopf. »Wir sollten als Möglichkeit in Betracht ziehen, dass sie es vielleicht doch nicht gewesen ist. Dass auch sie und ihr Kind zu Opfern wurden, auch wenn es auf den allerersten Blick nicht danach aussieht.«

Sie hielt inne, dachte angestrengt nach. »Lass uns noch mal mit den Nachbarn sprechen. Vielleicht ist einem von ihnen inzwischen noch was eingefallen. Irgendjemand muss doch was gesehen oder gehört haben.«

Sandro sah Doro an und winkte ab. »Können wir uns schenken. Das Team, das wegen des Mordes an dem Mann ermittelt, hat bereits die gesamte Nachbarschaft abgegrast. Mehrmals. Es gibt nur einen direkten Nachbarn, der am Vorabend etwas gehört hat, das wie eine Auseinandersetzung klang. Er erinnert sich so genau daran, weil etwas Derartiges im Hause Lossmann so gut wie nie vorkam. Am nächsten Morgen dann der Schrei aus dem Haus der Familie, auf den hin er die Polizei informierte. Gesehen hat er aber nichts, das hat er immer wieder betont.«

Doro schluckte. »Das ist alles, was wir haben?«

Nicken.

Dann das Klingeln der hausinternen Leitung.

Doro hob ab, schnappte nach Luft, als sie hörte, was der Techniker am anderen Ende der Leitung zu sagen hatte. Nachdem sie das Gespräch beendet hatte, wandte sie sich ihrem Kollegen zu, der sie erwartungsvoll ansah.

»Thomas Lossmann wäre in drei Wochen vierundvierzig Jahre alt geworden. Seine Frau hat sich deswegen vor über zwei Monaten bei Stayfriends angemeldet, um seine alten Freunde und Studienkollegen zu finden. Welche Ehefrau, die an eine Trennung glaubt oder Angst hat, verlassen zu werden, tut so etwas?«

Sandro hob die Schultern. »Ich hab keine Ahnung. Manchmal drehen Leute einfach durch, handelt unüberlegt, begehen eine Kurzschlusshandlung. Alles, was ich weiß, ist, dass dieser Fall so ziemlich der schrägste ist, an dem ich je gearbeitet habe.« Er durchbohrte Doro mit seinem Blick, wandte sich dann unbehaglich ab. »Was ist?«, fragte sie, »wenn du eine Vermutung hast, dann musst du es mir sagen.«

Er schüttelte den Kopf. »Es ist nur … vielleicht hat sie, nachdem sie ihren Mann im Affekt getötet oder eben nur seine Leiche gefunden hat, das Kind irgendwo hingebracht und sich selbst vom Acker gemacht, weil logisch war, dass sie die Hauptverdächtige sein wird? Eben weil ihr klar war, dass alle Welt nach einer Mutter mit Kind suchen wird. Was, wenn sie das Kind irgendwo versteckt hat? Vielleicht gibt es jemanden, der sie deckt und dem sie das Kind anvertraute? Eine Freundin, ein Kumpel von früher, irgendjemanden, der zu ihr hält und von dem niemand etwas weiß, eben weil sie sich aus der Zeit vor ihrer Ehe mit Lossmann kennen?« Doro sog scharf den Atem ein und überlegte. »Die Familie können wir bei diesem Gedanken erst mal hinten anstellen«, sagte sie nach einer Weile. »Laut Lossmanns Mutter hatte Theodora psychische Probleme wegen familiärer Schwierigkeiten und deswegen keinen Kontakt zu irgendwelchen Angehörigen. Warum also sollte sie jetzt nach all den Jahren ihre Familie um Hilfe bitten?«

»In den spärlichen Mail- und Telefonkontakten, die wir gefunden haben, gab es keinen Hinweis auf irgendwelche mysteriösen Freunde aus Jugendzeiten. Alle abgespeicherten Nummern ließen sich einwandfrei zuordnen.«

»Das ist kein Beweis dafür, dass es niemanden gibt. Wir müssen die Mutter des Mannes und die Freundin fragen, willst du das übernehmen? Ich kümmere mich darum, rauszufinden, wer Theodora war, bevor Thomas Lossmann in ihr Leben trat.

Vielleicht finden wir jemanden, der weiß, was für ein psychisches Problem Theodora hatte. Da kann ja viel dahinterstecken. War es einfach nur eine Magersucht oder hatte sie eine Psychose? Diese Info ist wichtig für unsere weitere Ermittlung und von den Ärzten haben wir wegen der Schweigepflicht keinerlei Hilfe zu erwarten.«

Sandro nickte, wich jedoch Doros Blick aus. »Das dürfte schwierig werden.«

»Wieso?«

»Wir haben im ganzen Haus weder eine Geburtsurkunde von Theodora Lossmann gefunden noch irgendwelche alten Schulzeugnisse oder Fotos. Es gibt keinen Anhaltspunkt, wo die Frau herstammt, wer sie früher war. Es ist beinahe, als hätte die Frau vor ihrer Ehe gar nicht existiert.«

»Die Mutter des Mannes muss doch den Mädchennamen der Frau kennen? Damit finden wir sie!«

Sandro schüttelte den Kopf. »Ingeborg Lossmann behauptet, sich nicht an den Namen zu erinnern.«

Doro runzelte verblüfft die Stirn. »Das glaubt ihr? Ich meine, was ist das denn für eine Scheiße? Da wird eine vermisste Frau verdächtigt, ihren Mann getötet und das gemeinsame Kind entführt zu haben, und keinen kommt es seltsam vor, dass es keinerlei Hinweise zur Herkunft der Frau gibt? Dass nicht einmal die Schwiegermutter ihren Mädchennamen kennt? Das ist doch alles ein schlechter Witz!«

»Doro …«, versuchte Sandro, sie zu beschwichtigen, doch sie winkte erbost ab.

»Dann versuchen wir es eben auf dem Amtsweg. Das Paar war verheiratet, also muss im Standesamt eine Abstammungsurkunde vorliegen.«

Kopfschütteln. »Die Kollegen haben bereits eine Anfrage raus geschickt, aber noch keine Antwort bekommen. So etwas dauert manchmal eben.«

»Dann müssen wir denen eben Dampf unterm Hintern machen!«

»Darum kümmert sich das andere Team«, gab Sandro zu bedenken. »Wir sollen nur nach dem Mädchen suchen. Das ist unser Job!«

»Um das Kind zu finden, muss ich aber wissen, wer die Mutter ist … oder war. Hinzu kommt, dass in diesem Fall rein gar nichts zusammenpasst. Einerseits wissen wir, die Frau wurde von der angeblichen Affäre überrumpelt, wenn sie ihren Mann also umbrachte, weil sie dachte, er würde sie verlassen, dann war es eine Kurzschlussreaktion. Dafür spricht, dass sie nichts mitgenommen hat, ihre Tat also keineswegs eiskalt geplant war. Warum also sollte sie gerade alle Dokumente mitnehmen, die etwas mit ihrer Vergangenheit zu tun haben? Das macht doch keinen Sinn. Wenn ich gezwungen bin, abzuhauen, dann nehme ich Dinge mit, die mir nützen: Geld, Kleidung, vielleicht ein paar Lebensmittel, Papiere, nicht mein altes Leben.«

»Geld und Papiere hat sie ja dabei. Kleidung und Lebensmittel kann sie theoretisch also kaufen.« Er seufzte, hob die Hand, als Doro einen Einwand vorbringen wollte. »Ich verstehe dich. Und ich weiß, worauf du hinauswillst. Aber vielleicht können wir es trotzdem vorerst beim aktuellen Umfeld belassen. Wir befragen die Freundin von Theodora, lassen uns den letzten

Kontakt noch mal haarklein schildern, versuchen nebenbei, an eine Liste mit den Kontakten im Kindergarten zu kommen, telefonieren die Eltern der Kinder ab, mit denen die Kleine befreundet ist. Kinder reden untereinander, vielleicht erfahren wir so etwas Wichtiges.«

Doro stand auf, zog ihren Blazer von der Stuhllehne. Dann sah sie ihren Kollegen missbilligend an. »Mach, was du willst, ich knöpf mir die Mutter noch mal vor. Irgendwas an der ganzen Sache stinkt zum Himmel und ich werde verdammt noch mal herausfinden, was das ist! Ob du mir nun dabei hilfst oder nicht, ist letztendlich egal!«

Kapitel 5

November 2016
Dresden

Hermann Legler von der OFA blickte reihum und blieb schließlich mit seinem Blick an Manfred Hentschel hängen. »Ich kann Ihre Frustration nachvollziehen«, begann er schließlich und faltete die Hände, während er sich zu der Pinnwand hinter sich umdrehte. »Wir haben vier tote Mädchen«, sagte er und räusperte sich, »von denen drei auf eine ähnliche Art und Weise ums Leben kamen. Das vierte, tot aufgefundene Mädchen verschwand zuerst, also noch vor Andrea, Annemarie und Marion, wurde aber trotzdem zuletzt gefunden.« Er atmete tief durch, schüttelte schließlich den Kopf. »Auch wenn ich mit meiner Meinung vorerst noch allein dastehe, möchte ich doch erklären, wie ich zu der Ansicht gekommen bin, dass Djamila Walters Tod nichts mit den Verbrechen an den drei anderen Mädchen zu tun hat. Dazu muss ich allerdings ein kurzes Profil des Täters in unsere Überlegungen einbringen.« Wieder ein Räuspern, dann sekundenlang Stille.

Manfred Hentschel, der vollkommen anderer Meinung war als Legler, stieß ungeduldig die Luft aus. Manja Dressel, die neben ihm saß, stieß ihn – für alle anderen unbemerkt – sanft mit dem Ellenbogen in die Seite. Als sein Blick den ihren traf, schüttelte sie beinahe unmerklich den Kopf. *Lass den Mist,* sollte das heißen, da war Manfred sicher – und grinste. Ein weiterer ernster Blick von seiner Kollegin, den er ebenfalls, ohne groß nachzudenken, übersetzen konnte: *Gib dem Mann eine Chance!*

Manfred nickte, schloss ergeben die Augen. Inzwischen waren Manja und er seit über einem Jahr ein Team. Keine allzu lange Zeit, doch für sie beide hatte diese Zeitspanne ausgereicht, um die Marotten des jeweils anderen kennenzulernen, damit umzugehen verstehen und zu begreifen, dass sie beide Menschen waren, auf die man sich jederzeit und immer verlassen konnte. Manfred schluckte. Er hatte im Laufe seiner Dienstjahre bei der Kriminalpolizei schon mit einigen Menschen eng zusammengearbeitet, hatte schon den ein oder anderen Kommissariatsanwärter ausgebildet, doch noch nie hatte er ein derart enges Zusammengehörigkeitsgefühl gespürt wie bei der jungen Frau, die jetzt neben ihm saß und sich das Grinsen verkneifen musste. Manja und ihn verband etwas, das er so noch nicht bei vielen Kollegen gesehen hatte: Verbissenheit, die an leichten Wahnsinn grenzte. Zwar verfügten hier im Team alle Kollegen über eine mehr als großzügige Portion Ehrgeiz, über Leidenschaft ihren Job betreffend, über Ausdauer und Spürsinn, doch niemand außer Manja und er selbst hatte eben diese Verbissenheit in sich, mit der es ihnen beiden gelang, die Dinge in einem anderen Licht zu sehen, zu erkennen, was andere nicht erkannten. Manfred seufzte. Nur diesmal und das war wirklich seltsam, waren Manja und er nicht einer Meinung. Für ihn stand fest – auch wenn Djamila nicht erdrosselt wurde –, dass das Mädchen ein Opfer des gesuchten Täters war. Sein erstes Opfer, denn Djamila war, bevor man ihre Leiche gefunden hatte, seit Monaten vermisst gewesen. Was also sprach dagegen, in Betracht zu ziehen, dass er sie quasi als eine Art Versuchskaninchen benutzt hatte? Er hatte ihr das Genick gebrochen, sie verscharrt, nur um zu sehen, wie lange es dauerte, bis man ihre Leiche fand. Vielleicht war er während dieser »Wartezeit« darauf gekommen, dass es ihm nicht gefiel, dass niemand auf seine Taten aufmerksam wurde. Vielleicht hatte er bei den Morden zwei, drei und vier deswegen dafür gesorgt, dass man die Körper der toten

Mädchen schneller fand. Theoretisch war es auch möglich, dass ihn die Tötungsart des ersten Mädchens – der Genickbruch – nicht zufriedengestellt hatte, dass er deswegen zum Erdrosseln übergegangen war, die Mädchen zu Lebzeiten misshandelte, um ihnen zu demonstrieren, dass er es war, der die Macht innehatte. Und dass es um Macht ging, darin zumindest waren Manja, Hermann Legler und er sich einig.

Ein Stoß in die Rippengegend holte ihn ins Hier und Jetzt zurück. Er sah zu Manja, bemerkte das amüsierte Zucken um ihre Mundwinkel. »Er kommt jetzt zum Täterprofil«, flüsterte sie kaum hörbar.

Hentschel verzog das Gesicht. Es war ihm peinlich, dass seine viel jüngere Kollegin bemerkt hatte, dass er sich von seinen eigenen Gedanken hatte ablenken lassen, während vor ihm Hermann Legler von der OFA einen Vortrag zum aktuellen Mordfall hielt. Er atmete tief durch, zwang sich, seinen Blick auf den Kollegen zu richten.

»Die Morde sprechen eine deutliche Sprache«, erklärte der Spezialist, »gerade das Erdrosseln eines Menschen ist mit extremer Anstrengung verbunden. Jemandem die Luftzufuhr abzudrücken, kostet Kraft, hinzu kommt – die Opfer wehren sich, kratzen, schlagen um sich. Deswegen werden bei dieser Tötungsart häufig Hautpartikel unter den Fingernägeln der Opfer gefunden, manchmal Haarfasern, Kleidungsfussel usw.« Legler räusperte sich. »Unorganisierte Täter denken bei einem derartigen Verbrechen oft nur an die offensichtlichen Fehler und Gefahrenquellen, wegen derer sie geschnappt werden könnten. Damit meine ich Fingerabdrücke am Hals des Opfers, Spuren im Allgemeinen, Schweißtropfen, Haare, die ausfallen könnten, Kleidungsfasern, die abfallen. Wer einen Menschen ermordet, steht unter extremem Druck, gerade dann, wenn es zu einem erbitterten Todeskampf kommt. Die wenigsten Täter denken in einem solchen Fall daran, die Fingernägel der Opfer zu reinigen, um letzte Spuren zu verwischen. Stattdessen sind sie sicher, allein durch das Tragen von Handschuhen während ihrer Tat davor gefeit zu sein, nicht geschnappt zu werden. Bei den drei ermordeten Mädchen hier aus der Gegend wurden weder Rückstände unter den Nägeln gefunden, geschweige denn gibt es Hinweise, die auf eine Reinigungsaktion des Täters hindeuten. Was bedeutet – dass es der Täter geschafft hat, seine Opfer wehrlos zu machen.«

Manja Dressel sog die Luft scharf ein und hob ihre Hand. »In der Pathologie wurde nichts gefunden, das auf Betäubungsmittel im Blut hindeutet. Es wurden auch keinerlei Einstichstellen bei den Opfern gefunden. Wie kann das möglich sein?«

Legler hob die Schultern. »Es kann trotzdem sein, dass Betäubungsmittel im Spiel waren. Vielleicht hat er es die Mädchen einatmen lassen. Oder er hat eine spezielle Akupressur-Technik drauf, bei der die Opfer bereits nach wenigen Sekunden bewusstlos werden. Irgendwas Fernöstliches. Möglichkeiten gibt es da viele.« Er räusperte sich, sah zu Hentschel. »Ehrlich gesagt denke ich, dass der Mann, den wir suchen, sehr intelligent ist, vom Typ her eher ruhig und besonnen, ein Wolf im Schafspelz quasi, jemand, der nichts dem Zufall überlässt, deswegen meine Vermutung, dass Djamilas Tod nicht auf sein Konto geht. Genickbruch, keine offensichtlichen Spuren von Misshandlungen – wobei der schlechte Zustand der Leiche diese auch unkenntlich gemacht haben könnte – und ganz wichtig, Djamilas Körper wurde vergraben, damit er nicht gefunden wird, während die anderen drei Leichen ganz offensichtlich gefunden werden sollten.« Legler hob die Hände, stieß die Luft aus. »Der Fall Djamila Walter passt einfach nicht zu den anderen Mädchen. Da passt einfach nichts zusammen. Ich spreche bei unserem Täter von einem Mann mittleren Alters in einer gewissen Position, ein Manager vielleicht, auf alle Fälle ein hohes Tier im Berufsleben. Unser Mann geht keine Kompromisse ein, er weiß ganz genau, was er tut, er genießt seine Macht im Stillen, lebt mit den Morden vielleicht eine lange verborgene Neigung aus, wofür die Misshandlungen vor dem eigentlichen Mord sprechen. Seine Vorliebe für junge Mädchen desselben optischen Typs könnte dafür sprechen, dass es jemanden in seinem Leben gibt, den er für einen Fehler verachtet. Eine Person, die ihm nahesteht, der er deswegen nichts antun kann oder will, die Wut auf jene Person jedoch auf die Mädchen umleitet. Er bestraft die Mädchen für etwas, das ihm vor langer Zeit angetan wurde – aber das ist angesichts der Misshandlungen auch nur eine vage Vermutung. Das Alter des Täters würde ich auf Mitte 30 bis Mitte 40 festlegen. Und ich denke, dass es jemand ist, der die Gegend kennt. Jemand, der weiß, wo man ungesehen zuschlagen kann. Außerdem vermute ich, dass unser Täter über gewisse finanzielle Mittel verfügt. Er behält die Mädchen einige Zeit bei sich, was nicht einfach sein dürfte für jemanden, der mit beiden Beinen im Berufsleben steht. Entweder hat er also gewisse berufliche Freiheiten oder er besitzt Wohneigentum.«

»Sie meinen, in einem Haus lebt er, vielleicht sogar mit seiner Familie. Und in einem zweiten Haus hält er seine Opfer gefangen?« Manja Dressel sah Legler zweifelnd an.

Der nickte. »Das wäre eine Möglichkeit, neben unzähligen anderen.«

»Und wie beurteilen Sie die Auswahl der Opfer?«

Legler fixierte Manja Dressel einen Augenblick und seufzte dann. »Da sich die Mädchen nur äußerlich ein wenig ähneln und sonst keine Gemeinsamkeiten außer ihrem Alter haben, es bei keinem von ihnen Hinweise gibt, dass sie sich beobachtet fühlten, sie sich noch nicht einmal persönlich näher kannten, schätze ich, dass er sie zufällig auswählt. Auch diese Vorgehensweise spricht für die Abgebrühtheit des Täters, für sein Überlegenheitsgefühl. Er hält sich für Gott, fühlt sich wohl in seiner Haut, tut, was er tun will. Und er weiß, dass er uns mehr als nur einen Schritt voraus ist.«

Manfred Hentschel spürte eine Welle des Zorns in sich aufsteigen. »Und was sollen wir Ihrer Meinung nach tun, um dieses Arschloch zu schnappen?«, schnauzte er und stand auf. Legler verzog das Gesicht. Dann wich er Hentschels düsterem Blick aus. »Die Bevölkerung warnen, Eltern und Kinder, insbesondere junge Mädchen auf den Umgang mit Fremden sensibilisieren, die Presse einschalten, mit offenen Karten spielen, zugeben, dass Sie nichts haben und auf die Mithilfe der Menschen da draußen angewiesen sind.«

»Das kann nicht Ihr Ernst ein«, wetterte Hentschel.

Er spürte Manjas Hand auf seiner Schulter, einen sanften Druck, der ihn beruhigen sollte, in dem Moment aber nur noch mehr auf die Palme brachte.

»Ansonsten bleibt uns allen nur, zu hoffen. Hoffen wir gemeinsam, dass dieser selbstgerechte, arrogante und grausame Scheißkerl irgendwann genau den Fehler macht, den schon etliche vor ihm gemacht haben.«

»Und der wäre?«, fragte Manja und sah Legler neugierig an.

»Sich selbst zu überschätzen.« Legler verzog das Gesicht zu einem Lächeln. »Selbstüberschätzung hat schon Staatsoberhäupter und Politiker zu Fall gebracht, weil sie glaubten, auf ihrem hohen Ross passiere ihnen nichts. Verstehen Sie, was ich sagen will?«

Manja nickte. »Wer hoch zu Ross reitet, fällt tief. Irgendwann.«

Nachdem die Konferenz mit dem OFA-Experten beendet war, saßen Manja Dressel und Manfred Hentschel einander in der kleinen Kaffeeküche gegenüber. »Was hältst du von Legler?«

Hentschel stieß einen Grunzlaut aus. Dann schüttelte er den Kopf. »Was er sagt, hat meist Hand und Fuß. Trotzdem geht er mir auf den Sack.«

Manja nickte. »Weil er ehrlich ist. Direkt. Den Nagel auf den Kopf trifft.«

Hentschel nickte.

»Wenn du weißt, dass du in der Scheiße steckst, dann brauchst du nicht noch jemanden, der dich noch tiefer reindrückt.«

»Manchmal ist es aber gar nicht verkehrt, wenn dir jemand den Finger in die Wunde steckt. Einfach, damit du deinen Blick für das Wesentliche behältst.«

»Und was ist deiner Meinung nach das Wesentliche?«

Manja schluckte.

»Wir suchen einen Mann, der drei Mädchen ermordet hat und mit hoher Wahrscheinlichkeit weiter töten wird. Und jemanden, der Djamila Walter auf dem Gewissen hat oder zumindest weiß, was ihr zugestoßen ist. Denn ein Genickbruch – und da sind wir uns sicher einig – könnte auch durch einen Unfall zustande gekommen sein.«

Manfred Hentschel räusperte sich. »Also rollen wir zuerst den Fall Walter noch mal auf, einfach, um ihn abhaken zu können?«

»Genau!« Manja stand auf. »Anschließend gehen wir mit dem gesamten Team noch mal die Konferenz mit Legler durch, analysieren alle drei Fälle in Hinsicht auf sein Täterprofil.«

Sie wollte gerade zur Tür hinaus, als Hentschels Handy zu summen begann. Instinktiv blieb Manja stehen, sah sich zu ihm um.

Er zog das Gerät hervor, sah aufs Display, seufzte. Die Zentrale war dran, also hatten sie es zuvor auf der internen Hausleitung versucht und ihn nicht erreicht, was bedeutete, dass es wichtig sein musste. Nachdem er sich gemeldet hatte, plapperte der Kollege am anderen Ende der Leitung aufgeregt drauflos. Es dauerte einen Augenblick, ehe Hentschel bewusst wurde, worauf dieses Telefonat hinauslief. Sein Innerstes verkrampfte sich, während er das Telefonat beendete und zu seiner Kollegin sah. »Eine junge Frau wird seit gestern Nacht vermisst. Uta

Zettler, vergangene Woche sechzehn Jahre alt geworden. Die Eltern haben Kontakte im Stadtrat, was für uns heißt, dass es jetzt echt unschön wird, wenn wir nicht bald Ergebnisse liefern.« Er gähnte, rieb sich müde die Augen. »Trotzdem müssen wir uns auch um Djamila Walter kümmern. Ob ihr Tod nun zu unserem Fall gehört oder auch nicht. Am besten wird sein, wenn wir eine kurzfristige Besprechung einberufen. Alle Kollegen, die momentan abkömmlich sind, sollen sich in zwanzig Minuten im Konferenzraum einfinden, damit wir Teams bilden können. Wir brauchen etliche Leute, die möglichst schnell das Umfeld von Djamila Walter durchkämmen und mindestens zwei Teams für den neuen Vermisstenfall.«

»Was ist mit Legler?«, wollte Manja wissen. »Soll er bleiben? Dann müssten wir eine Verlängerung seiner Dienste beantragen.«

Hentschel überlegte angestrengt. »Ehrlich gesagt wäre es mir am liebsten, wenn er dem Team Walter zugeteilt wird. Am besten als Berater bei den Befragungen. Er ist es schließlich, der bezweifelt, dass Djamila von unserem gesuchten Täter ermordet wurde. Vielleicht gelingt es ihm ja, unter all den Leuten, die wir bereits in die Mangel genommen haben, denjenigen zu finden, der uns damals verarscht zu haben scheint.«

Kapitel 6

Mai 2017
Augsburg

»Warum hast du es dir doch anders überlegt?«, wollte Doro wissen.

Sandro wich ihrem Blick aus. »Ich hab es mir nicht anders überlegt«, erklärte er schließlich. »Ich finde nur, dass wir ein Team sind und auch als ein solches auftreten sollten und nicht jeder sein eigenes Ding durchziehen kann.«

Doro sog die Luft scharf ein und nickte knapp. »Dann teilst du meine Meinung nach wie vor nicht, dass irgendwas an der Sache um Theodora Lossmann seltsam ist?«

Sandro setzte den Blinker in Richtung Innenstadt, dann wechselte er auf die linke Spur und wandte sich Doro zu. »Natürlich ist es komisch, dass eine Frau mit ihrer Tochter auf der Flucht ist und nichts mitgenommen zu haben scheint, außer sämtlichen Papieren, mit deren Hilfe man etwas über ihre Person sowie ihr Leben vor ihrer Ehe herausfinden könnte. Das ist beinahe, als hätte die Frau gewusst, in welche Richtungen wir ermitteln würden und wollte genau das verhindern.«

Doro nickte. »Und fällt dir irgendein Grund ein, warum sie dies tun sollte?«

»Na ja, vielleicht weil sie uns einen Schritt voraus ist?«

Doro stieß verärgert die Luft aus. »Sei ehrlich, Sandro, du hältst sie für schuldig, stimmt's?«

Doros Kollege starrte auf das Nummernschild des Wagens vor ihnen, antwortete nicht.

Erst als sie den Wagen vorm Haus von Ingeborg Lossmann abstellten, sah Sandro Doro an, atmete tief durch. »Dieser Fall ist wirklich der merkwürdigste, an dem ich jemals mitgearbeitet habe. Du fragst, ob ich Theodora für schuldig am Mord ihres Mannes halte?« Er stieß die Luft aus. »Diese Frage kann ich schlicht nicht beantworten. Zugegeben – einiges an ihrem Verschwinden ist extrem seltsam, auch was ihre Schwiegermutter angeht, finde ich, dass du recht hast und die sich merkwürdig verhält. Trotzdem lassen meiner Ansicht nach einige ermittlungsrelevante Unstimmigkeiten Theodora Lossmann noch lange nicht als die Unschuld vom Lande dastehen. Fakt ist – sie hatte ein Motiv, ihren Mann umzubringen, nämlich Eifersucht, was aus einer sicheren Quelle, nämlich von der besten Freundin der Frau, bestätigt wurde. Ein weiterer Fakt ist, dass Theodora Lossmann laut Aussage der Schwiegermutter früher mit psychischen Problemen zu kämpfen gehabt habe. Und ein weiterer Punkt – Lossmann war weitsichtig genug, ihre Flucht so zu planen, dass es für uns nicht einfach wird, sie zu finden. Ich wette, dass sie kein Geld abheben und ihre Kreditkarte nicht benutzen wird, einfach weil sie weiß, dass wir sie so finden. Warum sollte sie das tun, wenn sie unschuldig ist? Warum hat sie ihre Tochter vor uns versteckt? Warum musste sie überhaupt all das inszenieren, wenn sie selbst ihrem Mann kein Haar gekrümmt hat?«

Doro schüttelte den Kopf. »Vielleicht ist sie gar nicht weggelaufen. Vielleicht hat sie noch nicht mal das Kind versteckt. Was, wenn alles nur darauf abzielt, dass wir denken, dass Theodora dahintersteckt? Vielleicht will ihr jemand diese Tat in die Schuhe schieben. Jemand, der beide in seiner Gewalt hat.«

Sandro sah Doro zweifelnd an. »Müsste es dann nicht Spuren von gewaltsamem Eindringen im Haus geben?«

»Nicht, wenn Theodora diesen Jemand kennt. Vielleicht wurden sie und das Kind betäubt und anschließend weggeschafft.«

»Und aus welchem Grund? Wenn es um eine Erpressung ginge, dann wäre schon längst eine Forderung eingegangen.«

»Vielleicht will sich jemand an der Familie rächen. Theodoras Ehemann war Mediziner. Vielleicht hat er den Tod eines Menschen zu verschulden, einen beruflichen Fehler gemacht, für den er büßen musste. Er wurde umgebracht und weil Theodora den Täter oder die Täterin beobachtete, wurde sie ebenfalls aus dem Weg geschafft.«

»Und wo ist das Kind in deiner Story?«, wollte Sandro wissen. »Warum sollte dein unbekannter Rächer das kleine Mädchen entführen?«

»Ich weiß es doch auch nicht, verdammt«, entfuhr es Doro, der die Haltung ihres Kollegen gehörig auf die Nerven ging.

»Lass uns einfach mit der Mutter des Toten sprechen und anschließend alles noch mal durchgehen. Im Moment kommen wir nicht weiter. Ganz davon abgesehen, gehen unsere Meinungen extrem auseinander, was auch nicht gerade hilfreich für unsere Zusammenarbeit ist.«

Sie schwiegen, als sie auf den Eingangsbereich zugingen. Als Doro auf den Klingelknopf drückte, schickte sie ein stilles Stoßgebet zum Himmel, in der Hoffnung, dass dieses Gespräch ein wenig konstruktiver sein würde als das mit ihrem Kollegen gerade eben. Wenn sie ehrlich war, musste sie zugeben, dass es sie frustrierte, mit ihrer Vermutung allein dazustehen. Sie war es nicht gewohnt, dass man ihre Sicht der Dinge, ihre Vorgehensweise infrage stellte, ihrer Spürnase nicht vertraute. Sie verzog das Gesicht, während sie wartete, dass die alte Dame ihnen öffnete. Wie lange war Sandro im Polizeidienst? Ein paar Jahre zuzüglich der Grundausbildung. Wie konnte er es überhaupt wagen, sie als derart …

»Was wollen Sie denn hier«, unterbrach die eisige Stimme von Ingeborg Lossmann ihre Überlegungen. Der Blick der Frau schien sie zu durchbohren.

»Wir müssen mit Ihnen reden«, sagte Doro. »Dürfen wir reinkommen?«

Ingeborg Lossmann verzog das Gesicht, dann sah sie verunsichert von Doro zu Sandro, trat schließlich seufzend zur Seite. »Von mir aus«, stieß sie aus und strich sich einige imaginäre Fussel von ihrem Rock.

Eine Weile standen Doro und ihr Kollege unschlüssig im Gang, bis Ingeborg Lossmann sie endlich mit einer einladenden Geste in die Küche bat. »Soll ich Kaffee aufsetzen?«, fragte sie und sah dabei nicht so aus, als würde es ihr Freude bereiten, ihren ungebetenen Besuch zu bewirten.

Doro sah kurz zu Sandro, dann verzog sie das Gesicht zu einem Grinsen. »Also ich hätte sehr gern einen Kaffee«, erklärte sie und schmunzelte, als sie das Augenrollen ihres Kollegen bemerkte.

Ingeborg Lossmann nickte knapp und trat an die Küchenzeile, hantierte ganz offensichtlich genervt mit der Kaffeemaschine.

Doro nutzte den Augenblick, um sich in der gemütlichen Wohnküche umzusehen. Als sie oberhalb des Esstischs den kleinen Holzvorsprung entdeckte, auf dem einige Familienfotos standen, stand sie auf. Auf allen Fotos war ein kleines Mädchen zu sehen, das auf den Armen seines Vaters in die Kamera lachte. »Warum ist hier kein Foto von Ihrer Schwiegertochter?«, fragte Doro und wartete gespannt auf die Reaktion von Ingeborg Lossmann. Doch die schien ihre Frage nicht gehört zu haben, löffelte weiter ruhig Kaffeepulver in den Filter der Maschine, ließ in aller Seelenruhe Wasser in die Kaffeekanne laufen. Anders Sandro, der Doro böse anfunkelte und unmerklich den Kopf schüttelte.

Sie funkelte zurück, setzte sich wieder.

»Was für eine Frau war Ihre Schwiegertochter?«, fragte sie schließlich und lehnte sich zurück. Einen Moment sah es ganz danach aus, als wollte Ingeborg Lossmann auch diese Frage unbeantwortet lassen, doch dann drehte sich die Frau um und starrte Doro an. »Der Kaffee dauert noch ein paar Minuten«, erklärte sie und strich sich nervös die Bluse glatt. Schließlich setzte sie sich zu Sandro und Doro auf die Eckbank, atmete tief durch. »Ich will nichts beschönigen«, begann sie. »Denn wenn ich ehrlich bin, mochte ich die Frau meines Sohnes von Anfang an nicht.« Sie räusperte sich, strich mit zitternden Fingern über die Stickerei auf der Tischdecke. »Als mein Sohn sie zum ersten Mal mitbrachte und uns einander vorstellte, war da diese Barriere zwischen uns. Ich konnte mit ihr nichts anfangen, wurde einfach nicht warm mit dieser Frau und umgekehrt war es ganz genauso. Das ist auch der Grund, weshalb ich mich nie für meine Schwiegertochter interessiert habe. Mir war egal, woher sie stammt, wer sie war und ist, aus welchem Hause sie kommt und wie ihr Nachname lautet. Mein Sohn hat anfangs versucht, uns einander näherzubringen, doch irgendwann musste er einsehen, dass es einfach nicht funktionierte. Unser Verhältnis wurde auch nach der Verlobung nicht besser, nicht nach der Hochzeit. Erst als meine Enkelin zur Welt kam, änderte sich etwas zwischen uns, allerdings war unser Verhältnis noch immer weit davon entfernt, als freundschaftlich bezeichnet zu werden.« Ingeborg Lossmann hielt inne, sah Doro fest in die Augen. »Ich kann auch heute nicht genau definieren, weshalb ich nie richtig mit Theodora warm wurde. Und das hatte auch nichts damit zu tun, dass ich meinen Jungen nicht loslassen wollte. Ich kann es nicht erklären, doch irgendwie habe ich wohl von Anfang an geahnt, dass diese Frau großes Unglück über meinen Sohn bringen würde.«

»Wie würden Sie Ihren Sohn beschreiben?«, brachte Sandro sich in das Gespräch ein.

Als Ingeborg Lossmanns Augen zu leuchten begannen, wurde Doro klar, welchen Hintergrund Sandros Frage hatte. Er wollte die Frau milde stimmen, bezwecken, dass sie sich auf Doros Fragen einließ, sie quasi bauchpinseln.

Sie sah ihren Kollegen mit emporgezogenen Augenbrauen an, schwieg aber, wandte sich Ingeborg Lossmann zu.

»Thomas war der perfekte Ehemann und Vater«, schwärmte die ältere Dame. »Und er war ein guter Junge, ein Sohn, der jede Mutter stolz gemacht hätte. Trotz seines anstrengenden Jobs als Chirurg und medizinischer Berater hatte er immer ein offenes Ohr für mich, trug Frau und Kind auf Händen. Deswegen begreife ich auch nicht, wie er je hatte den Anschein erwecken können, ein Ehebrecher zu sein. Vollkommen egal, wie wenig mich mit meiner Schwiegertochter verband, für meinen Jungen war diese Frau das Beste, das ihm je passiert war – so hat er zumindest vor mir von seiner Frau gesprochen. Er liebte Theodora von ganzem Herzen, war verrückt nach ihr und nach der Kleinen. Ich begreife einfach nicht, wie sie auch nur in Erwägung ziehen konnte, dass er sie betrogen hat. Mein Junge hätte so etwas Furchtbares niemals getan. Stattdessen hat er sich für seine Familie aufgeopfert, rund um die Uhr gearbeitet, Seminare besucht, um sich weiterzubilden. Er hätte alles, wirklich alles für Frau und Kind getan!«

Doro senkte den Blick. Sie konnte es nicht in Worte fassen, doch irgendwie setzten die Worte der verzweifelten Frau ihr plötzlich zu. Sie berührten sie einerseits, machten sie andererseits aber auch wütend. »Warum sollte Ihr Sohn gerade Ihnen anvertrauen, falls es da eine andere Frau gab? Ich meine, es gehen täglich Millionen Männer fremd, ohne dass auch nur irgendjemand aus deren Umfeld etwas davon weiß. Warum sind Sie so sicher, dass gerade Ihr Thomas nicht zu diesem Typ Mann gehörte? Auch gute Menschen machen Fehler, gerade wenn es um Gefühle geht.«

Doro hielt die Luft an, als ihr bewusst wurde, wie diese Anschuldigung bei der Frau ankommen musste.

Die Luft in der Küche war auf einmal zum Schneiden dick.

»Raus!« Ingeborg Lossmann war aufgestanden und baute sich drohend vor Doro auf. Dann ließ sie plötzlich die Schultern hängen und schüttelte fassungslos den Kopf. Mit einem hilflosen Blick zu Sandro schluckte sie und deutete auf Doro. »Schaffen Sie mir das Weib vom Hals, bevor ich mich vergesse.« Dann drehte sie sich um und schlurfte, ohne sich noch einmal umzudrehen, aus der Küche.

Zurück im Präsidium war Doro noch immer zornig. Sowohl auf Lossmanns Mutter als auch auf ihren Kollegen. Sie begriff einfach nicht, weshalb es so furchtbar sein sollte, was sie zu Ingeborg Lossmann gesagt hatte. Natürlich konnte ein gut aussehender Mann wie Thomas Lossmann sich nicht über mangelndes Interesse der Damenwelt beklagen. Und vielleicht hatte er einer der Versuchungen nachgegeben? Warum sollte gerade Thomas Lossmann ein Heiliger sein, für den nichts über den Bund der Ehe ging, der andere Frauen keines Blickes würdigte?

Doro seufzte und klopfte an die Tür von Mark Bauer. Der Polizeipsychologe war seit Beginn ihrer Karriere hier im Präsidium ihr bester Freund und Ansprechpartner und seit etwas mehr als zwei Jahren sogar noch etwas mehr als das. Inzwischen wohnten sie seit einigen Wochen zusammen und bislang hatte Doro diesen Schritt noch nicht bereut.

Sie drückte die Klinke hinunter, streckte den Kopf zur Tür hinein, freute sich, dass er allein war.

»Darf ich einen Moment stören?«

Er klappte seinen Laptop zu und nickte. »Klar, komm rein.«

Sie trat ein, schloss die Tür hinter sich und ging zu ihm. Nachdem sie ihm einen Kuss gegeben hatte, setzte sie sich ihm gegenüber auf den Stuhl und seufzte. »Der Fall, an dem ich momentan arbeite, macht mich irgendwie fertig.«

»Kannst du was darüber erzählen?«

Sie schluckte. »Ein Mann wurde tot aufgefunden, seine Frau und das gemeinsame Kind sind verschwunden … Die Mutter des Toten reagiert beinahe feindselig auf alle meine Fragen und auch ansonsten wirkt so einiges komisch auf mich, zum Beispiel dass es nirgends im Haus Familienbilder gibt, keinerlei Papiere der Frau existieren, keinerlei Hinweise auf ihr Leben vor ihrer Ehe mit Lossmann vorhanden sind. Und wie glaubwürdig ist es, wenn Ingeborg Lossmann behauptet, den Mädchennamen ihrer Schwiegertochter nicht zu kennen? Irgendwas verschweigt sie und ich frage mich, warum? Gerade sie muss doch Interesse daran haben, dass der Mord an ihrem Sohn schnellstmöglich aufgeklärt wird.«

»Ach, du meinst den Lossmann-Fall?«, unterbrach Mark sie.

Doro nickte erstaunt. »Du bist an den Ermittlungen beteiligt?« Mark sah betreten zu Boden. »Das ist auch der Grund, warum ich im Moment nicht viel darüber sagen kann bzw. darf. Ich hab sowieso noch keine Idee, wohin das alles führt, wie die genauen Zusammenhänge sind. Der Mordfall ist undurchsichtig, seltsam nahezu und …«

»Du findest also auch, dass etwas nicht stimmt?«, fragte Doro aufgeregt.

»Nun ja«, wich er ihr aus. »Wie soll ich es formulieren, das alles wirft Rätsel auf. Ich verstehe nur nicht, weshalb du in dieser Hinsicht ermittelst. Ich dachte, Sandro und du seit mit der Suche nach dem Mädchen beschäftigt?«

Doro verschränkte die Arme vor der Brust. »Kannst du mir erklären, wie ich das Mädel finden soll, wenn ich nichts über die Mutter weiß? Ich brauche Anhaltspunkte, um eine Verbindung herstellen zu können bzw. ein Gefühl dafür zu bekommen, wer die Frau ist. Im Moment sieht nämlich alles danach aus, als wäre Theodora nicht einfach abgehauen, sondern ebenfalls entführt worden, genau wie das kleine Mädchen.«

Mark runzelte die Stirn. »Wer sagt das? Mein aktueller Stand ist, dass die Ehefrau nach wie vor die Hauptverdächtige ist.«

Doro sprang von ihrem Stuhl auf, hob die Hände. »Fang du nicht auch noch an«, rief sie und wischte sich ungeduldig eine blonde Strähne aus der Stirn. »Bin ich die Einzige, die über einen einigermaßen realistischen Spürsinn verfügt?«

»Doro«, maßregelte Mark sie. »Das Thema hatten wir schon mal. Du musst aufhören, sofort auszuflippen, wenn jemand nicht deiner Meinung ist. Das bringt dich noch mal in Teufels Küche. Du bist eine sehr gute Polizistin, vielleicht die beste überhaupt, aber du hast ein gewaltiges Aggressionspotenzial. Wenn jemand einen anderen Standpunkt vertritt als du, rastest du aus. Du musst die Leute um jeden Preis auf deine Seite ziehen, akzeptierst nicht, dass es so was wie Meinungsfreiheit gibt. Du bist rechthaberisch, kommst deswegen oftmals arrogant rüber, wirkst abschreckend. Und das Schlimmste – du provozierst wichtige Zeugen, gefährdest durch deine Art den Erfolg wichtiger Befragungen.«

Doro seufzte. »Lossmann hat sich über mich beschwert, stimmt's? Und deswegen hat dich der Boss angerufen und dir nahegelegt, dass du mir den Kopf wäschst, was hiermit geschehen ist.«

Mark erwiderte Doros Blick und schwieg.

»Du weißt, dass es mich auf die Palme bringt, wenn du mich wie einen deiner Patienten behandelst?«, fragte sie pampig.

Noch immer Schweigen.

»Gut, wie du willst«, sagte Doro und ging kopfschüttelnd zur Tür. »Vielleicht ist es besser, wenn ich die Nacht hier verbringe. Mehr als ein paar Stunden Schlaf darf ich mir momentan sowieso nicht erlauben und dafür ist der Ruheraum mehr als ausreichend.« Sie wartete ab, fixierte Marks Gesicht.

Ihr Innerstes zog sich schmerzhaft zusammen, als sie etwas wie Erleichterung in seinen Augen wahrnahm. Doch dann schien er sich zu besinnen, schenkte ihr ein etwas gequält aussehendes Lächeln. »Bitte entschuldige, doch ehrlich gesagt hätte ich dich heute Nacht gerne bei mir. Wir könnten auf dem Heimweg eine Kleinigkeit essen und noch mal über alles reden. Vielleicht tut uns der Abstand zum Büro gut.«

Doro überlegte einen Augenblick, dann nickte sie, fühlte sich ein wenig besser. »Ich muss noch ein Protokoll verfassen und mit Sandro den morgigen Plan durchgehen. Wartest du auf mich, dann können wir zusammen los.«

Als sie am späten Abend in Marks Wohnung ankamen, kickte Doro ihre Schuhe von den müden Füßen und ließ sich erschöpft auf das Sofa im Wohnzimmer fallen. »Das Sushi war fantastisch, findest du nicht?«, rief sie Mark zu, der in der Küche eine Flasche Weißwein entkorkte. Er antwortete nicht, reichte ihr kurz drauf ein zur Hälfte gefülltes Glas mit Chardonnay, prostete ihr zu. Während des Essens war zwischen ihnen alles wie immer gewesen, allerdings auch nur deswegen, weil sie beide das Thema Job tunlichst gemieden hatten. Jetzt jedoch wurde ihr die Spannung, die zwischen ihnen herrschte, wieder schmerzlich bewusst und Doro fragte sich, was auf einmal mit ihnen beiden los war. Sie stellte ihr Glas auf dem antiken Truhentisch ab, stand auf, trat auf Mark zu, zog ihn an sich. Als ihre Münder nur noch wenige Millimeter voneinander entfernt waren, leckte sie zärtlich über seine Unterlippe, biss liebevoll hinein. Sie fummelte sein Hemd aus der Jeans, versuchte sich am Verschluss seines Gürtels, stöhnte frustriert auf, als sie bemerkte, wie Mark sich versteifte. »Was?«, fragte sie und spürte, dass seine Zurückhaltung sie verletzte.

»Nicht heute«, wich er aus, löste sich aus ihrer Umarmung. »Es hat nichts mit dir zu tun … Ich bin nur total müde.«

»Klar«, sagte Doro resigniert, griff nach ihrem Glas und leerte es mit einem Zug. Schließlich sah sie auf die Uhr, sah Mark prüfend an. »Am besten verzieh ich mich ins Gästezimmer, damit du im Schlafzimmer deine Ruhe hast. Was meinst du?« Sie wartete einige Sekunden und als Mark nicht antwortete, machte sie sich auf den Weg ins Bad, um sich die Zähne zu putzen. Sie öffnete den Spiegeltürenschrank oberhalb des Waschbeckens und nahm ihr Lieblingsparfüm zur Hand, spritzte sich ein wenig auf die Stelle zwischen Schlüsselbein und Hals. Das musste als Körperpflege für heute genügen, beschloss sie, nachdem sie sich plötzlich schlagmüde fühlte und kaum noch die Augen aufhalten konnte. Sie wollte gerade nach ihrer Zahnbürste greifen, als ihr auffiel, dass sie nicht da war. Was sollte das? Sie sah in allen Schränken nach, konnte sie jedoch nirgends finden.

»Hast du meine Zahnbürste gesehen?«, rief sie in den Gang hinaus. Einen Moment herrschte Stille, dann vernahm sie Flüstern aus der Küche, kurz darauf ein Klicken. Als Mark um die Ecke kam, sah er seltsam angespannt aus, stieß die Luft aus. »Ich glaube, ich habe unsere Zahnbürsten weggeworfen, weil ich neue besorgen wollte. Bitte entschuldige.«

Doro drehte sich um, trat dann zur Seite, sodass Mark das Waschbecken sehen konnte. Der Zahnputzbecher mit Paste und seiner Bürste stand, wo er immer gestanden hatte. Nur eine Zahnbürste fehlte, nämlich ihre.

Mark räusperte sich. »Willst du mir jetzt eine Szene machen, weil ich vergessen habe, dir auch eine neue Scheißzahnbürste zu kaufen?« Er schüttelte den Kopf und drehte sich um, ließ Doro einfach stehen. Fassungslos sah sie ihm nach, ging schließlich zum Waschbecken zurück. In ihrem Magen rumorte es. Irgendwie lief bei ihr gerade alles schief. Erst der Ärger mit Ingeborg Lossmann, dann mit Sandro und jetzt auch noch mit Mark. Was zum Teufel war denn nur los? Sie wusch sich das Gesicht mit kaltem Wasser, gab ein wenig der Zahnpasta auf ihren Zeigefinger, rubbelte sich die Zähne sauber. Als sie fertig war, betrachtete sie ihr Spiegelbild. Stimmte es, was Mark sagte? War sie grundlos aggressiv und somit selbst schuld daran, wie es in ihrem Leben momentan lief? Sie hob die Schultern, streckte ihrem Spiegelbild die Zunge heraus.

Vielleicht sollte sie morgen mit Sandro reden, ihn fragen, ob er ein Problem mit ihr hatte. Und was Mark anging – hatte sie nicht erst heute zu Ingeborg Lossmann gesagt, dass Gelegenheit Liebe mache, weil Gefühle nun mal unberechenbar seien? Sie atmete tief durch. Konnte es sein, dass Mark eine Affäre hatte? Denn dass er ihre körperliche Nähe abgelehnt hatte, war noch niemals zuvor passiert. So oft sie bisher auch gestritten oder sich in den Haaren gelegen hatten, der Sex zwischen ihnen beiden hatte jedes Mal etwas Reinigendes gehabt, die Wogen geglättet, jedes noch so große Problem, jeden Streit aus der Welt schaffen können. Was also konnte sich zwischen ihnen beiden innerhalb so kurzer Zeit verändert haben?

Doro schüttelte den Kopf, denn ihr fiel absolut nichts ein, außer der Möglichkeit einer Affäre. War es nicht geradezu paradox, dass sie im Fall einer Frau ermittelte, die wegen eines Treuebruchs angeblich ihren Mann getötet haben sollte, während der eigentliche Betrüger in Wahrheit Mark sein könnte? Ihr Mark, auf den sie sich bisher immer hatte verlassen können, für dessen Ehrlichkeit und Vertrauenswürdigkeit sie beide Hände ins Feuer gelegt hätte? Sie schluckte gegen die Enge in ihrem Hals an.

Dann brach sie in Tränen aus.

Kapitel 7

Februar 2017
Dresden

»So eine Dreckskälte«, schimpfte Hentschel, als er ins Büro kam. Er schüttelte sich, stellte seine Tasche ab, zog seinen dicken Mantel aus. Er hatte sich kaum hinter seinen Schreibtisch gesetzt, als es schon an seiner Tür klopfte. Keine Sekunde später stand Manja vor ihm, zwei dampfende Tassen in den Händen, die einen verführerischen Duft nach starkem Kaffee verströmten. »Du bist ein Schatz«, sagte er und nahm seiner Kollegin eine Tasse ab, trank einen großzügigen Schluck, ignorierte das Brennen an Lippen und Zunge.

»Gibt es was Neues?«, wollte er anschließend wissen und sog die Luft scharf ein, als er bemerkte, wie Manjas Gesicht sich verdüsterte. »Gerade eben kam ein Anruf rein, dass eine Zwölfjährige vermisst wird. Ihr Name ist Heike Sonntag und sie ist gestern Abend nicht nach Hause gekommen.«

Hentschel zog die Brauen empor. »Und warum erfahre ich erst jetzt davon, wenn das Kind bereits seit gestern vermisst wird?«

Manja schluckte. »Die Mutter hat vor ein paar Minuten angerufen und das Verschwinden ihrer Tochter gemeldet, du kannst sie das also selbst fragen, denn ich hab ihr gesagt, dass wir – sobald du da bist – vorbeikommen.«

Hentschel seufzte und nahm einen letzten Schluck aus seiner Tasse, dann stand er auf, schlüpfte in seinen noch immer klamm-kalten Mantel. »Kannst du fahren?«, fragte er und sah

Manja an. »Meine Finger brauchen noch ein bisschen, bis sie aufgetaut sind.«

Die Kollegin grinste. »Klar, ich fahre, hab sowieso die Nase voll von deinen Zornausbrüchen beim Autofahren.«

Auf dem Weg nach Prohlis schwiegen sie. Manja war es, die die Stille durchbrach, ihre Stimme klang angespannt. »Falls Heikes Verschwinden auf das Konto unseres Täters geht, kann ich absolut nicht nachvollziehen, weshalb er plötzlich von seinem Profil abweicht. Ich meine, Andrea, Annemarie, Marion und Uta – sie alle waren zwischen sechzehn und siebzehn Jahre alt. Warum vergreift er sich jetzt an einer Zwölfjährigen.« Sie brach ab, schluckte. »Irgendwie macht mir das Angst, denn das könnte bedeuten, dass er in eine Art Raserei verfällt, in einen regelrechten Blutrausch, bei dem ihm seine bisherige Vorgehensweise egal ist. Und sollte dies der Fall sein, auf was müssen wir uns dann künftig einstellen? Auf tote kleine Mädchen?« Manjas Stimme hatte etwas Zerbrechliches, was vollkommen ungewohnt für die ansonsten hartgesottene Kollegin war. »Vielleicht steckt etwas vollkommen Harmloses dahinter«, versuchte Hentschel, sie zu beruhigen, doch bereits nachdem er es ausgesprochen hatte, wurde ihm bewusst, wie verlogen und unwirklich das klang. Selbst etwas »Harmloses« hatte in ihrer beider Job oft mit Tod und Verderben zu tun, wenn ihnen die Vergangenheit etwas klargemacht hatte, dann das. Wieder verfielen sie in einvernehmliches Schweigen, eine bedrückende Stille, die Manfred beinahe körperliche Beschwerden verursachte. Weder Manja noch er mussten es aussprechen und dennoch stand es unwiderruflich zwischen ihnen beiden – der Fall Djamila Walter. Die junge Frau hatte monatelang als vermisst gegolten, sodass sowohl er als auch der komplette Rest des Teams inklusive Manja sicher waren, dass sie das erste Opfer des Serientäters geworden war. Monatelang hatten sie das Umfeld des Mädchens überprüft, sämtliche Freunde und Angehörige, bis Kollege Legler von der OFA die Hypothese aufgestellt hatte, dass der Fall Walter nichts mit der Ermordung der anderen Mädchen zu tun habe. Hentschel stieß die Luft aus, spürte, wie der Zorn über ihm zusammenschlug, die Wut überhandnahm. Legler hatte im November letzten Jahres nicht einmal drei Tage benötigt, bis er die Hintergründe vom Tod Djamilas durchblickt hatte. Ein junger Mann – Tobias Winkler – hatte sich während der Befragungen widersprochen, genau wie sein Freund Alexander Sommer. Am Ende hatte sich herausgestellt, dass die Sechzehnjährige einer Verkettung unglückseliger Umstände zum Opfer gefallen und ihr Tod nicht mehr als ein schrecklicher Unfall gewesen war. Hentschel ballte die Hände zu Fäusten, als das Gesicht des jungen Mannes vor seinem inneren Auge auftauchte, er sich an das Geheule erinnerte, nachdem Tobias Winkler erklärt hatte, was tatsächlich vorgefallen war. Er hatte die hübsche Djamila, in die er seit Jahren verknallt gewesen war und mit der ihn seit Jahren eine relativ enge Freundschaft verband, in den Wald gelockt, wollte ihr dort seine Liebe gestehen. Dort kam, was kommen musste: Das Mädchen hatte sich in die Enge gedrängt gefühlt, hatte seine Gefühlsbekundungen abgelehnt, woraufhin es zum Streit und zu Handgreiflichkeiten zwischen beiden kam. Djamila schien extrem aufgewühlt und verängstigt gewesen zu sein, als sie sich auf ihr Rad schwang und davon fuhr, sodass sie die Wurzel übersah, stürzte und sich das Genick brach. Soweit, so tragisch, doch anstatt den Notarzt oder die Polizei zu rufen, verständigte Winkler aus Angst vor Konsequenzen seinen älteren Kumpel Alexander Sommer, der bereits ein Auto besaß, forderte einen Gefallen von ihm ein, ließ sich helfen, die Leiche wegzuschaffen. Dass wenig später zwei Mädchen aus der Gegend verschwanden, die kurz darauf ermordet aufgefunden wurden, kam beiden gerade recht, weil so – zumindest glaubten sie das – niemals ans Licht käme, was tatsächlich geschehen war.

Hentschel stieß die Luft hart aus. Die Wut, die er empfunden hatte, als Legler ihm die tragische Geschichte des Mädchens erzählte, ließ sich auch heute, Monate später, kaum in Worte fassen. Manja Dressel hatte ihre liebe Not gehabt, ihn davon abzuhalten, Winkler und seinem Gehilfen die Visagen zu polieren. Nicht nur, dass die beiden Vollpfosten mit ihren Lügen die Ermittlungen behinderten, waren da auch noch Mutter und Vater des Mädchens, die damit hatten fertig werden müssen, dass ihr Kind einem Verbrechen zum Opfer gefallen war. Ihnen erklären zu müssen, dass es am Ende doch »nur« ein bedauerlicher Unfall war, hatte Hentschel zutiefst beschämt, ihn tagelanges Magendrücken beschert. Und aus genau diesem Grund hatte das Wort harmlos für Hentschel seither einen bitteren Beigeschmack, weil es ihn ständig an die Lüge zweier Idioten erinnerte, die nur zu feige waren, für einen Fehler geradezustehen. Und daran, dass sie die seit Monaten vermisste Uta Zettler noch immer nicht gefunden hatten.

Die Sonntags lebten in einer Plattenbausiedlung aus den späten 70ern, deren Anblick Manfred an die Zeit vor mehr als 20 Jahren erinnerte, als seine Schwester Anneliese mit ihrem Mann und den zwei Buben noch dort gelebt und ihn jeden Samstagabend zu einem köstlichen Mahl geladen hatte. Schöne Zeiten waren das gewesen, doch seit die Jungs ausgezogen waren und eigene Familien hatten, waren seine Schwester und ihr Mann in eine kleine Wohnung auf Usedom umgezogen, um dem Großstadttrubel zu entgehen. Manja ging ihm voraus auf den Eingang mit der Nummer 17 zu und drückte auf den Klingelknopf. Es dauerte beinahe drei Minuten, bis sich endlich etwas tat und eine verwaschene weibliche Stimme aus der Sprechanlage hallte.

»Also wenn mein Kind verschwunden wäre, würde ich mit Sicherheit nicht mal eine halbe Minute benötigen, um die Tür zu öffnen«, stieß Manja aus und verzog das Gesicht. »Hat die sich noch mal hingelegt oder was?«

Manfred sah seine Kollegin prüfend an und konnte in ihrem Gesicht lesen, dass sie dasselbe dachte wie er.

Und genau das bestätigte sich, als sie Heike Sonntags Mutter kurz darauf gegenüberstanden. Die Frau stank zehn Meter gegen den Wind nach Alkohol und Zigarettenrauch, aus der Wohnung waberte ihnen ein beißender Geruch entgegen.

Katzenpisse.

Manfred schüttelte sich unmerklich.

»Mein Name ist Dressel und das ist mein Kollege Hentschel. Wir sind von der Kriminalpolizei«, stellte Manja sie beide der Frau vor.

Die trat zur Seite und ließ sie eintreten.

In der Wohnung sah es ganz genauso aus, wie der Gestank bereits hatte vermuten lassen. Überall lagen Klamotten am Boden herum, der Aschenbecher auf dem Tisch im Wohnzimmer quoll über, Schnaps und Weinflaschen stapelten sich. Hinzu kam, dass drei Katzen zwischen all dem Unrat herumstrichen, von denen Hentschel vermutete, dass sie ihre Notdurft mangels eines Katzenklos in der Wohnung verrichteten. Manjas Blick traf ihn. Seine Kollegin sah blass aus um die Nase, was bedeutete, dass sie der Zustand dieser Örtlichkeit ganz genauso schockierte wie ihn.

Wie kann man in diesem Saustall nur ein Kind großziehen?, schienen ihre Augen zu fragen. Er räusperte sich, schüttelte den Kopf. Jetzt wurde ihm auch klar, weshalb die Frau erst heute Morgen im Präsidium angerufen hatte, um ihr Kind vermisst zu melden. Mit hoher Wahrscheinlichkeit stand sie noch immer unter Alkoholeinfluss, war gestern stockbesoffen gewesen und hatte erst heute früh bemerkt, dass ihr zwölfjähriges Mädchen die Nacht nicht in seinem Bett verbracht hatte. Hentschels Innerstes krampfte sich zusammen. Was musste es für ein kleines Mädchen bedeuten, mit einer solchen Mutter, in einer solch asozialen Umgebung zu leben?

Er starrte die Frau an, wie sie vor ihm und Manja in Richtung Küche hertorkelte, fühlte Ekel in sich hochsteigen. Als sie schließlich einander in der Küche gegenüber saßen, musste Hentschel sich zusammenreißen, um der Frau nicht mit offensichtlicher Abscheu gegenüberzutreten.

»Wollnse was trinken?«, fragte die Frau und sah zuerst Manja und dann Hentschel an.

»Fangen Sie einfach an zu erzählen«, forderte Manja sie auf. »Wann genau haben Sie bemerkt, dass Heike nicht zu Hause ist und welche Maßnahmen haben Sie selbst bereits ergriffen, um Ihre Tochter zu finden.«

»Na, ich hab bei den Bull… bei der Polizei angerufen«, sagte sie. »Heike ist ein gutes Kind, die haut nicht einfach ab.«

»Haben Sie es bei Freundinnen versucht? Und wie sieht es mit Familienangehörigen aus? Heikes Vater – lebt der mit Ihnen gemeinsam hier?«

»Pfft«, stieß die Frau aus und verteilte dabei eine großzügige Menge Speichel in der Luft. »Das Arschloch hab ich seit Monaten nicht gesehen, der bezahlt nicht einmal Alimente für das Mädel, geschweige denn lässt er sich mal blicken. Sollte Heike tatsächlich bei ihm sein, trete ich ihr persönlich in den Arsch.«

»Wie sieht es mit Großeltern, Tanten, Onkel oder Nachbarn aus?«

Die Frau hob die Schultern.

»Haben Sie noch bei niemandem angerufen und nachgefragt?«

Schweigen.

»Und was ist mit Klassenkameraden? Gestern war ein Schultag, wann ist Heike aus der Schule gekommen, wie lange war sie anschließend hier und wann hat sie die Wohnung wieder verlassen?«

»Also ich weiß nicht …« Die Frau sah von Manfred zu Manja und schüttelte den Kopf. »Ich hab grad paar Probleme, verstehen Sie?«

»Und Alkohol hilft Ihnen, diese zu lösen?«, fragte Manja scharf.

Die Frau sank in sich zusammen. »Ich glaube, meine Kleine ist gegen Mittag aus der Schule gekommen, hat dann Hausaufgaben gemacht. Ich wollte was zu essen kochen, hab ihr dann aber nur paar Euro gegeben, damit sie sich einen Burger holen kann.« Sie hob die Schultern. »Mehr weiß ich nicht.«

»Also stammt das letzte Lebenszeichen Ihrer Tochter vom frühen Nachmittag des gestrigen Tages?«

Unverständliches Gemurmel.

»Antworten Sie!«

»Ja.«

Manja seufzte. »Dann möchte ich Sie bitten, uns jetzt auf der Stelle eine Liste zusammenzustellen, auf der wir die Namen mit Telefonnummern der Menschen finden, bei denen Heike sich aufhalten könnte.«

»Am liebsten würde ich dieser Kuh den Arsch aufreißen«, tobte Hentschel und ballte seine Hände zu Fäusten. Seine Stimme vibrierte vor Wut, sein Herz hämmerte in wildem Stakkato gegen die Rippen.

»Manfred«, versuchte seine Kollegin Manja, ihn zu beschwichtigen, doch es funktionierte nicht. Nicht dieses Mal.

»Das Aas war nur zu faul, sich selbst zu kümmern, ihr Kind zu finden. Stattdessen zog sie es vor, sich noch mal die Birne zuzuschütten, während wir wertvolle Zeit nach der Suche nach ihrem Kind verschwendet haben.«

»Als Verschwendung würde ich unsere Arbeit in dem Fall nicht gerade beschreiben, denn immerhin haben wir das Mädchen aufgespürt, haben das Jugendamt informiert, damit sowohl dem Mädchen als auch der Mutter geholfen werden kann.«

»Ich begreife nur nicht, weshalb die Großmutter sich nicht gemeldet hat«, stieß Manfred hervor. »Sie muss doch gewusst haben, dass die Kleine zur Schule muss.«

»Die Frau ist über siebzig«, wandte Manja ein. »Sie wollte ihrer Enkelin helfen, wusste über die Zustände innerhalb der Familie Bescheid.«

Hentschel seufzte. »Da haben wir drei tote und ein vermisstes Mädchen und müssen uns wegen der Unfähigkeit der Eltern um so etwas auch noch kümmern.« Er schüttelte den Kopf. »Ist ja nicht so, als stünde uns das Wasser nicht längst bis Oberkante Unterlippe.«

Manja verzog das Gesicht zu einem schiefen Grinsen. »Wer weiß, wozu das alles gut war. Wenigstens bekommt Heikes Mutter jetzt vom Jugendamt den Arsch aufgerissen, was für das Kind nur gut sein kann. Sehen wir es als unsere gute Tat für diesen Monat an.«

Manfred runzelte die Stirn. »Du meinst so etwas wie eine gute Tat, die mir den Weg in den Himmel ebnet?« Er grinste abfällig, während Manja heftig den Kopf schüttelte. »Du, mein lieber Freund, kommst geradewegs in die Hölle. Noch nie habe ich jemanden kennengelernt, der so oft gegen Gott wettert wie du.«

Manfred stieß ein freudloses Lachen aus. »Wie kann jemand, der so einen Job hat wie wir, überhaupt glauben, dass da oben jemand ist, der für ausgleichende Gerechtigkeit sorgt?«

Manja öffnete ihren Mund und wollte gerade antworten, als das Telefon klingelte.

Manfred beugte sich vor und hob ab, brummte seinen Namen in den Hörer. Die Mitarbeiterin in der Zentrale verband ihn mit einem Mann namens Hubert Fischer, der als Förster für die Stadt Dresden arbeitete. Als er vernahm, was der Mann am anderen Ende der Leitung in den Hörer stammelte, krampfte sich sein Magen zusammen. Trotzdem riss er sich zusammen, ließ sich eine genaue Wegbeschreibung geben, verabschiedete sich freundlich. Anschließend legte er den Hörer auf, starrte einen Augenblick regungslos auf die Tischplatte.

Als er wieder aufsah, bemerkte er selbst, dass ihm alles Blut aus dem Kopf in den Unterkörper gewichen war. Ihm brach der Schweiß aus. »Uta«, stieß er schließlich hervor und schnappte nach Luft. »Wie es aussieht, wurde ihre Leiche gefunden. Sie lag in einem eingezäunten Gebiet im Wald, das wegen Holzwurmbefall der Bäume für die Öffentlichkeit gesperrt war. Heute wollten die Holzfäller mit ihrer Arbeit beginnen, als sie die Überreste des Mädchens unter einem Busch fanden. Wie es aussieht, ist der Körper wegen der Kälte der letzten Monate noch einigermaßen erhalten, sodass selbst den Waldarbeitern klar war, dass es sich um ein junges Mädchen handelt.«

Kapitel 8

Mai 2017
Augsburg

Doro brummte der Schädel, als sie am nächsten Morgen im Büro ankam. Auf der Fahrt ins Präsidium hatte eine peinliche Stille im Wagen geherrscht, weder Mark noch sie hatte irgendwas gesagt. Zwar wünschte sie insgeheim, den Mut zu besitzen, ihn auf ihre Vermutung anzusprechen, doch letztlich war es die Furcht vor der Gewissheit gewesen, die sie weiterhin hatte schweigen lassen. Seit sie sich mit einem eher kühlen Kuss auf die Wange voneinander verabschiedet und einen erfolgreichen Tag gewünscht hatten, spürte Doro sekündlich, wie der Kloß in ihrem Hals größer wurde, sich in ihrem Innern eine Art Traurigkeit ausbreitete, die sie nicht in Worte zu fassen vermochte. Was sie jedoch stutzig machte, war, dass ihre Trauer nicht der Möglichkeit geschuldet war, dass sie Mark an eine andere verlieren könnte, sondern einzig und allein wegen des Verrats an ihrer Person. Sich vorzustellen, dass gerade er sie belogen und betrogen haben könnte, schmerzte umso viel mehr als der Verlust, den sie erleiden würde, sollte ihre Beziehung auf diese Weise enden.

»Kaffee?«, fragte Sandro, der den Kopf ins Zimmer streckte und wie das blühende Leben aussah.

Doro bemühte sich um einen freundlichen Gesichtsausdruck. »Gern.«

Keine zwei Minuten später war ihr Kollege mit zwei dampfenden Tassen zurück, stellte eine davon vor ihr ab, sah ihr anschließend prüfend ins Gesicht. »Alles klar bei dir? Du siehst aus, als hättest du nicht geschlafen.«

Doro hob die Schultern. »Mir fehlt nichts, keine Sorge. Sollen wir nachher gleich los?«

Sandro schluckte. »Was steht denn heute auf dem Plan?«

Doro legte den Kopf schief. »Wir fahren zu Valerie Otto, Theodoras Freundin. Irgendwelche Einwände?«

Sandro sah sie nachdenklich an, schüttelte dann den Kopf, wirkte seltsam resigniert. Dann griff er nach seiner Tasse, trank einen großen Schluck. »Was dagegen, wenn ich fahre?«

Doro grinste. »Du hast wohl was gegen meine Fahrkünste?«

Sandro hob die Augenbrauen empor. »Nicht gegen deinen Fahrstil. Eher gegen deine Wutausbrüche beim Fahren – die machen mich aggressiv.«

Doro grinste, trank ihre Tasse leer, stand auf.

»Wann geht eigentlich die Pressemeldung an die Öffentlichkeit?«

»Du meinst wegen der Kleinen? Die geht heute Vormittag bundesweit raus.«

»Und Theodora? Was ist mit ihr?«

Sandro schüttelte den Kopf. »Die Chefetage wollte die Bevölkerung erst mal nur auf die Kleine sensibilisieren. Weil es wichtiger ist, dass sie gefunden wird und sich in Sicherheit befindet.«

»Und wenn sie bei ihrer Mutter ist? Dann wäre es doch gut für die Leute zu wissen, nach wem genau sie Ausschau halten müssen. Ich verstehe ganz ehrlich nicht, weshalb diesmal alles so verdammt kompliziert sein muss.«

Als sie eine Stunde später vor Familie Ottos Anwesen in der Hammerschmiede standen, atmete Doro tief durch. Im Stillen hoffte sie, dass diese Befragung nicht wieder in einem Fiasko enden würde wie die gestrige bei Ingeborg Lossmann. Als sie auf den Klingelknopf drückte, warf sie Sandro einen Seitenblick zu, der seltsam unruhig, beinahe gestresst wirkte.

»Was ist los?«, fragte sie und runzelte die Stirn.

Er hob die Schultern. »Ich erwarte mir von diesem Gespräch keinerlei Erfolg, sehe mit jeder weiteren verstreichenden Stunde unsere Chancen schwinden, das Kind lebend zu finden. Wie sollen wir das vor der Großmutter verantworten? Wie vor der Chefetage? Was wird die Öffentlichkeit über uns sagen?«

Doro griff nach seiner Hand, drückte sie sanft.

»Ich will auch das Mädchen finden. Genau wie du. Aber um weiterzukommen, müssen wir alle Unstimmigkeiten überprüfen, das Leben der Mutter auch ohne Papiere versuchen, zu analysieren. Dazu brauche ich ihre beste Freundin, verstehst du? Wer, wenn nicht sie, könnte alles über Theodora wissen?«

Seufzen.

Dann ein Nicken.

»Dein Wort in Gottes Ohr«, murmelte Sandro ergeben, während innen der Schlüssel im Schloss herumgedreht wurde.

Wenig später stand ihnen Valerie, eine hübsche Brünette, gegenüber, die beim Anblick ihrer ungebetenen Besucher blass wurde.

»Was … wie kann ich Ihnen helfen?«

Doro setzte ihr schönstes Lächeln auf. »Wir haben einige Fragen zu Ihrer Freundin. Dürften wir eventuell eintreten?«

Die Frau wirkte unschlüssig, trat nach einem Blick zu Sandro jedoch auf die Seite.

»Ich habe allerdings nicht viel Zeit«, erklärte sie, bat Doro und ihren Kollegen mit einer Handbewegung ins Wohnzimmer.

Nachdem sie sich gesetzt hatten, kam Doro sofort auf den Punkt.

»Was für ein Verhältnis hatte Theodora zu ihrer Schwiegermutter?«

Valerie wirkte verwirrt, dann schluckte sie. »Ich würde sagen, ein schwieriges.«

Sie atmete tief durch, wartete ab.

»Definieren Sie schwierig«, forderte Doro sie auf.

»Na ja, Thea mochte Thomas' Mutter nicht und umgekehrt war es wohl genauso. Soviel ich weiß, hatten sie nicht besonders viel Kontakt zueinander, selbst nachdem die Kleine geboren war, änderte sich nichts daran.«

»Haben Sie eine Ahnung, woran das liegen könnte?«

Valerie blickte zu Boden.

Als sie wieder aufsah, wirkte sie noch irritierter, fast ängstlich, sah immer wieder von Doro zu Sandro. »Ingeborg Lossmann ist eine sehr kühle und distanzierte Person, wie Sie sicherlich schon bemerkt haben dürften. Das mochte Thea nicht an ihr, weil sie selbst eher eine sehr offene und gefühlsbetonte Frau ist.«

»Was wissen Sie über Theodora Lossmanns Leben, vor ihrer Ehe mit Lossmann«, wechselte Doro plötzlich das Thema und bemerkte, wie Valerie unter ihren Worten zusammenzuckte.

»Ich brauche so viele Informationen wie möglich. Vor allem den Mädchennamen, woher sie ursprünglich stammte, was ihr Beruf war, bevor sie Mutter wurde. Eventuelle Einzelheiten über ihre Kindheit.«

Valerie schluckte, die Augen weit aufgerissen. »Ich … weiß es nicht«, stammelte sie schließlich. »Thea und ich lernten uns wegen der Kinder kennen. Wir besuchten damals dieselbe Krabbelgruppe. Seither sind wir befreundet.« Sie hob die Schultern, wirkte jetzt etwas selbstsicherer. »Warum sollte mich Theas Mädchenname interessieren? Und ihr Vorleben? Wir sind einfach nur zwei Mütter, die sich gut verstehen, weil unsere Kinder befreundet sind.«

Doro spürte, wie ihre Halsschlagader anschwoll, und versuchte, ihren Zorn unter Kontrolle zu halten. »Dann haben Sie sich ausschließlich wegen der Kinder getroffen? Nicht zum Essen oder um ins Kino zugehen und dergleichen?«

Sie schüttelte den Kopf.

»Thea und ich waren vollkommen mit unseren Mutterrollen ausgelastet. Kino, Shopping – all das stand für uns nicht im Vordergrund. Was hin und wieder vorkam, waren gelegentliche Familienessen. Doch da wurde auch meist über die Kinder gesprochen und nie über irgendwelche Dinge aus unserer beider Leben vor den Kindern.« Valerie stand auf, sah zuerst Sandro an, dann Doro. Ihr Gesichtsausdruck wirkte auf eine merkwürdige Art abfällig, beinahe verächtlich, was Doro noch wütender machte.

Sie stand auf, ging auf Valerie Otto zu, die instinktiv einige Schritte zurücktrat.

»Doro«, warnte Sandro und stand ebenfalls auf. »Nicht ausflippen«, murmelte er und drückte ihre Schulter. »Das bringt uns auch nicht weiter.«

»Sie wollen also sagen, dass auch Sie nichts über Ihre ›beste‹ Freundin wissen, genau wie deren Schwiegermutter?«

Valerie starrte Doro provokativ ins Gesicht. »Ganz genau, das will ich sagen. Ich weiß einen Scheißdreck über meine« – sie hob die Hände und machte in der Luft Gänsefüßchen – »beste Freundin.«

Einen Moment lang herrschte eisige Stille in dem Wohnzimmer, dann stieß Doro die Luft aus, setzte sich wieder. »Das Problem ist«, begann sie und versuchte, ruhig zu bleiben, »dass wir nahezu keine Chance haben, das kleine Mädchen zu finden, wenn ich nichts über die Mutter weiß. Was ich damit sagen will«, sie stockte kurz, sah Valerie Otto ernst an, »ich kann Mathilda nur finden, wenn ich weiß, was für Möglichkeiten Theodora hat.«

Valerie sah verunsichert zu Sandro.

»Was meine Kollegin meint, ist, dass es Menschen geben könnte, aus dem Leben VOR Theodora Lossmanns Ehe, die ihr jetzt helfen, auf welche Art und Weise auch immer.«

Valerie schluckte, sah auf einmal noch betretener aus.

»Hat sich Thea vielleicht bei Ihnen gemeldet?«, fragte Doro.

»Denken Sie nicht, dass ich es Ihnen dann gesagt hätte?«, schoss Valerie zurück. »Ich meine, wie es aussieht, ist die Frau, von der ich dachte, sie wäre meine Freundin, eine Mörderin, glauben Sie im Ernst, dass ich ihr helfen würde, ein Verbrechen zu verschleiern?«

Doro, der nicht entgangen war, wie zornig ihre Frage Valerie Otto gemacht hatte, sah mit einem verhaltenen Lächeln zu ihrem Kollegen. »Wie es aussieht, kann uns Frau Otto auch nicht weiterhelfen. Lass uns gehen, vielleicht haben wir Glück und erwischen die nächsten Nachbarn der Lossmanns, vielleicht weiß dort jemand etwas.«

Auf dem Parkplatz sah Doro ihren Kollegen triumphierend an. »Ist es dir auch aufgefallen?«

»Was?«, fragte Sandro und wirkte verärgert. »Dass du dich mal wieder daneben benommen hast? Das ist mir in der Tat aufgefallen.«

»Jetzt hör mal!«, verteidigte Doro sich. »Hast du nicht bemerkt, wie provokativ sie mich behandelt hat? Ihr Blick hatte etwas Überlegenes, fast Abweisendes, als wäre ich hier die Böse, nur weil ich rausfinden will, was mit dem Mädchen ist. Ich meine, sind denn alle hier bescheuert? Was soll das? Und dann ist da noch dieses Funkeln in ihren Augen gewesen. Als wäre da doch etwas, das sie uns verschweigt.« Doro starrte Sandro böse an. »Also, wer ist jetzt hier der Depp? Wie soll ich so eine Ermittlung leiten?«

»Wenn du schon so fragst«, schoss Sandro zurück. »Niemand hat dich beauftragt, Ingeborg Lossmann auseinanderzunehmen. Oder die Otto. Du sollst das Mädchen finden, Mathilda, das ist dein verdammter Job!«

Doro hob die Hände, ließ sie dann aber resigniert fallen. »Und wie sollen wir das anstellen, deiner Meinung nach? Auf Anrufe von irgendwelchen Wichtigtuern warten, die im Fernsehen die Vermisstenmeldung gesehen haben?«

Sie hielt Sandro die Hand entgegen. »Die Wagenschlüssel, bitte!«

Ihr Kollege reagierte nicht.

»Gib ihn mir, sofort.«

Unschlüssig zog er den Schlüsselbund aus der Hosentasche, sah ihn an, legte ihn Doro schließlich auf die ausgestreckte Hand.

»Was hast du nun schon wieder vor?«, wollte er wissen.

»Ich werde jetzt zum Haus der Lossmanns fahren und die Nachbarn wuschig machen.«

»Darf ich auch erfahren, was du dir davon versprichst?«

Doro hob die Schultern. »Ich hoffe einfach, dass jemandem inzwischen noch was eingefallen ist. Jemand, der doch was gesehen oder gehört hat. Hier herumsitzen bringt auch nicht wirklich was.« Sie öffnete die Wagentür, setzte sich hinters Steuer, wartete, dass Sandro neben ihr Platz nahm.

»Brauchst du eine Extraeinladung?«, fragte sie und startete den Wagen.

Ihr Kollege sah sich unschlüssig um, seufzte. Dann ließ er sich neben Doro auf den Sitz fallen, schloss ergeben die Augen.

In der Firnhaberau angekommen, suchten sie einen Parkplatz, machten sich dann auf den Weg in die Straße, in der die Lossmanns wohnten. Doro ging zielstrebig auf eine hellgrün gestrichene Villa mit braunen Fensterumrandungen zu, die aussah, als wäre sie erst kürzlich renoviert worden. Als sie auf die Einfahrt zutrat, bemerkte sie hinter dem Wohnzimmerfenster einen Schatten, dann wackelte die Gardine. Entschlossen drückte sie auf die Klingel, wartete ab.

Nichts.

Sie klingelte erneut, ignorierte das selbstgerechte Grinsen ihres Kollegen. »Es ist jemand zu Hause. Die Gardine hat sich bewegt.«

Sandro grinste noch breiter. »Das bedeutet aber noch lange nicht, dass auch jemand öffnet.«

Doro fing an, mit den Fäusten gegen die Tür zu hämmern. »Ich weiß, dass jemand da ist, ich habe Ihren Schatten hinter der Gardine sehen können.«

Sie wartete, dann hämmerte sie erneut gegen das Türblatt. »Bitte, ich will Ihnen doch nur einige Fragen stellen«, rief sie frustriert. »Das dauert keine zwei Minuten.«

»Verschwinden Sie«, ertönte plötzlich eine männliche Stimme hinter der Tür. »Sonst rufe ich die Polizei.«

»Aber wir sind die Polizei, verdammt nochmal! Und wir müssen jetzt sofort mit Ihnen reden, Herr Wegmann!«

»Ich will, dass Sie verschwinden. Sie haben schon für genügend Aufregung gesorgt, das reicht!«

Doro sah zu ihrem Kollegen. »Spinnt der?«, flüsterte sie. »Was hat der denn für ein Problem?«

»Lass uns einfach abhauen«, flüsterte Sandro. »Wenn der eine Beschwerde loslässt, sind wir am Arsch. Wir haben nichts in der Hand, was unseren Besuch hier bzw. eine Befragung des Mannes auch nur ansatzweise rechtfertigen würde.«

»Wir wollen uns doch nur nach Ihren Nachbarn erkundigen«, rief Doro und achtete darauf, dass ihre Stimme freundlich klang.

»Und ich rate Ihnen, zu verschwinden, bevor ich mich vergesse. Verarschen kann ich mich nämlich alleine.«

Doro schüttelte verwirrt den Kopf. »Wie meinen Sie das? Inwiefern fühlen Sie sich von uns … verarscht.«

»Das bringt doch nichts«, sagte Sandro fest und zog Doro am Ärmel von der Tür weg. »Der Mann redet in hundert Jahren nicht mit uns, du kannst es dir also sparen, ihn zu bearbeiten. Ganz davon abgesehen, haben unsere Kollegen kurz nach dem Leichenfund im Lossmannschen Haus alle Nachbarn mehrmals befragt. Ist doch logisch, dass die sich veralbert vorkommen, wenn jetzt wieder ein anderes Ermittlungsteam vor deren Tür steht.«

Doro seufzte, nickte dann ergeben. »In Ordnung, dann lass uns hier verschwinden.« Mit einem letzten bösen Blick in Richtung Tür trat Doro im Schlepptau ihres Kollegen den Rückzug an. »Schade, dass Sie nicht kooperieren«, konnte sie sich dann doch nicht verkneifen zu rufen und erntete dafür einen genervten Blick ihres Kollegen.

Zurück im Revier ließ sie sich einen Kaffee aus dem Automaten in der Lobby und fixierte Sandro. »Auf welcher Seite stehst du eigentlich?«, fragte sie dann beiläufig und trank einen Schluck.

»Auf deiner«, gab er zurück. »Weil wir ein Team sind, auch wenn DU dich manchmal nicht so verhältst.«

Doro spürte, wie ihr Gesicht heiß wurde. »Was willst du damit sagen«, flüsterte sie und spürte, wie ihr Innerstes sich verkrampfte.

»Ich will damit sagen, dass wir nach einem kleinen Mädchen suchen. Und nicht alle Leute, mit denen Theodora Lossmann zu tun gehabt haben könnte, gegen uns aufbringen sollten. Nicht die Mutter ist unser verdammtes Problem, sondern das Kind.«

Doro sah zu Boden, nickte langsam. »Dann hab ich es übertrieben?«

Sandro schüttelte den Kopf. »Übertrieben ist nicht das richtige Wort. Du hast nur einen falschen Blickwinkel.«

Doro stieß die Luft aus und sah auf die Uhr. »Der Aufruf im Fernsehen ist durch, lass uns mit der Zentrale reden, ob wir schon ein paar Hinweise haben.«

Sie wollte sich gerade auf den Weg in den ersten Stock machen, als sie alarmiert innehielt. Schnell wirbelte sie zu Sandro herum, starrte ihn aus weit aufgerissenen Augen an. »Und wenn alles ganz anders ist?«

Sandro sah verwirrt aus.

»Über wen sprechen wir jetzt?«

»Über Valerie. Ich hab die ganze Zeit überlegt, wie ich ihren Blick verstehen kann. Jetzt plötzlich ist es mir klar geworden: Valerie Otto empfindet Abscheu gegenüber ihrer angeblich besten Freundin. Sie hat abfällig ausgesehen, abwertend, als ich über Theodora gesprochen habe.«

»Und was ist falsch daran? Immerhin steht noch der Mord an ihrem Ehemann im Raum und alles spricht für die Ehefrau als Mörderin. Valerie Otto muss also davon ausgehen, dass der Mensch, den sie für eine Freundin hielt, eine Irre ist.«

Doro schüttelte heftig den Kopf. »Nun lass mich doch mal ausreden.« Sie schnappte nach Luft. »Was, wenn Valerie Otto die heimliche Geliebte von Thomas Lossmann war?«

Sandro stieß einen bösen Grunzer aus. »Du hast sie doch nicht mehr alle!«

»Warum sperrst du dich gegen jede einzelne meiner Optionen? Wir reden doch nur, schießen mit Platzpatronen ...«

Sandro sah Doro müde an. »Dann hat Valerie Otto zuerst Thomas Lossmann erstochen, anschließend die Ehefrau und das Kind entführt? Warum? Die ist doch selbst verheiratet.«

»Möglich wäre es aber. In der Liebe gibt es schließlich keine Grenzen und keine Regeln. Stell dir vor, beide kommen sich näher, unterhalten eine heimliche Affäre, Valerie Otto ist bis über beide Ohren verknallt und erhofft sich mehr, als ihr Geliebter geben kann – immerhin war Lossmann ein gut aussehender Typ –, und dann plötzlich PENG, die Affäre findet ein bitteres Ende, Valerie dreht durch, es kommt zum Eklat. Sie verschafft sich Zutritt zum Haus, gerät mit Lossmann aneinander,

Theodora und ihre Tochter werden zu unfreiwilligen Zeugen des Mordes. Was also tut jemand in einer solchen Situation?«

»Sag du es mir«, feuerte Sandro zurück. »Du scheinst ja auf alles eine Antwort zu haben.«

Doro schluckte.

»Und genau da habe ich keine Ahnung. Sie könnte beide umgebracht und die Leichen weggeschafft haben. Oder sie hat nur Theodora umgebracht und das Kind entführt.«

Sandro hob die Hände und schüttelte den Kopf. »Valerie Otto wiegt vielleicht 45 Kilo. Wie soll eine Frau von dieser Statur einen Mann ermorden und sich anschließend der Ehefrau bemächtigen? Das Kind lass ich jetzt mal außen vor. Das passt einfach nicht, Doro.«

»Das passt auch nicht schlechter oder besser als die Möglichkeit, dass es die Ehefrau gewesen ist, die ihren Mann tötete und das Kind entführte.«

Sandro stieß einen wütenden Laut aus und sah Doro resigniert an. »Weißt du was? Mach, was du willst, ich bin raus!« Damit ließ er sie stehen und ging, ohne sich noch einmal umzudrehen, davon.

Kapitel 9

Anfang Mai 2017
Dresden

»Alles klar bei dir?« Manja Dressel sah Manfred besorgt an. »Du siehst aus, als hättest du seit Tagen kein Bett mehr gesehen.«

Hentschel grinste gezwungen. »Schlaf wird eh überbewertet. Aber danke der Nachfrage – ich bin okay.«

Er wandte den Blick seinen Unterlagen zu, einem Hefter mit Stichpunkten zum Verschwinden der Mädchen und zu ihrer Ermordung. Seit im Februar Uta gefunden worden war, hatte dieser Fall von allen hohen Stellen absolute Prioritätsstufe. Inzwischen arbeiteten Hentschel und sein Team seit Monaten an nichts anderem und trotzdem gab es nach wie vor nicht die geringste Spur. Die Eltern von Uta hatten Kontakte in der Politik, so kam es, dass sich selbst der Bürgermeister zwangsläufig mit dem Fall beschäftigte, Hentschels Vorgesetzten und Hentschel selbst dermaßen unter Druck setzte, sodass innerhalb des Präsidiums inzwischen eine Atmosphäre herrschte, die ihnen allen an die Nieren ging. Vor allem Manfred machte das alles derart fertig, dass er inzwischen weder essen noch schlafen konnte. Doch das wirklich Entsetzliche an der Geschichte war, dass am Ende auch die Presse Wind vom Ausmaß der Katastrophe bekommen und die Bevölkerung mit detailgenauen Berichten in eine Art Schockstarre versetzt hatte. Es war, als wäre die Weltstadt Dresden in einen Dornröschenschlaf gefallen, verborgen unter einem Netz aus Angst. Egal, wo in der Stadt man sich aufhielt – die Menschen kannten kein anderes Thema mehr als die toten Mädchen. Die Presse tat ihr Übriges, um die Hysterie weiter anzuheizen, was laut Polizeichef keine schlechte Idee war, weil es nur gut sein konnte, Eltern und Kinder noch mehr zu sensibilisieren, ihnen zu raten, wachsam zu sein.

Inzwischen hatte der Täter sogar einen Spitznamen bekommen – wurde von Presse und Bevölkerung »Der Unsichtbare« genannt, weil es ihm gelungen war, nach all der Zeit die Polizei noch immer im Dunkeln tappen zu lassen.

Manfred fand es furchtbar, dass es in einer Stadt wie Dresden, wo Kultur, Geschichte und Lebensfreude aufeinandertrafen, überhaupt möglich war, dass ein einziger Mann, ein Monster, sie alle fest im Griff hatte.

Die Schulen in und um Dresden wurden mittlerweile von Sicherheitspersonal überwacht, außerdem war eine Ausgangssperre nach achtzehn Uhr für Kinder und nach zwanzig Uhr für Teenager empfohlen worden. An Schulen und in Kindergärten wurden Kurse in Selbstverteidigung angeboten, die auf Monate im Voraus ausgebucht waren. Eltern hatten Angst um ihre Kinder, ließen sie daher von der Schule zu Hause, sodass die Klassendichte an manchen Tagen auf über die Hälfte geschrumpft war. Beinahe täglich wurden neue Nachbarschaftshilfen gegründet, die nachts in den Wohngebieten Wache hielten und doch … Manfred schluckte gegen den Kloß in seinem Hals an. Zuerst hatten alle geglaubt, Uta sei die Letzte gewesen, seit man ihre Leiche nach Monaten des Vermisstwerdens endlich im Wald gefunden hatte, doch gerade als Erleichterung der Panik weichen wollte, wurde Sarah Gärtner als verschwunden gemeldet.

Die Sechzehnjährige war auf dem Weg von ihrem Tanzkurs nach Hause gewesen und nicht angekommen. Inzwischen hatte man ihr Rad gefunden, ihre Sporttasche mit den Tanzschuhen und musste daher vom Schlimmsten ausgehen. Das war vor zwei Tagen gewesen. Seither war Manfreds Leben die Hölle auf

Erden, denn Sarah war niemand anderes als die einzige Tochter des preisgekrönten Journalisten Torsten Gärtner.

Seither stand die komplette Presse Kopf, überschüttete die Bevölkerung mit Mutmaßungen hinsichtlich der Herkunft des Täters, mit angsteinflößenden Berichten und Hetzparolen gegen die Polizei. Sie waren öffentlich als unfähig beschimpft worden, als Versager und Tölpel – was die Bevölkerung natürlich noch mehr irritierte, denn wenn sie sich schon nicht auf die Polizei verlassen konnte, auf wen denn dann?

Doch das alles setzte Manfred nicht halb so sehr zu wie die Erinnerung an Uta Zettlers Leiche. Der Anblick vor seinem geistigen Auge versetzte ihn noch immer in einen Zustand der inneren Lähmung. Als sie am Fundort der Leiche angekommen waren, hatte eine Betroffenheit in den Gesichtern der Waldarbeiter und der bereits anwesenden Spurensicherung gelegen, die sich kaum in Worte fassen ließ. Utas Anblick war es gewesen, der etwas derart Verstörendes an sich hatte, sodass sogar hartgesottenen Männern die Tränen in den Augen standen. Der helle, schmächtige Körper des toten Mädchens hatte durch zahlreiche Erfrierungen noch zerbrechlicher ausgesehen, das Gesicht, von den blonden Haaren umgeben, hatte etwas Engelsgleiches an sich. Doch das Schlimmste von allem war der Gesichtsausdruck des Mädchens, der starre, ins Nichts gerichtete Blick. Lange hatte Manfred versucht, eine passende Beschreibung zu finden, doch weder Angst noch Panik noch Schmerz trafen das, was dieser Anblick spiegelte. Am Ende war es Manja gewesen, die es zwei Tage später auf den Punkt brachte, was sie alle bereits erkannt hatten und nur nicht in Worte zu fassen vermochten. Utas Gesichtsausdruck drückte Resignation und Traurigkeit aus. Resignation, nachdem ihr klar wurde, dass ihr Leben hier und jetzt auf solch grauenvolle Weise enden würde, und Traurigkeit darüber, welch unendlich großes Leiden ihr Tod für ihre Familie bedeuten würde.

Manfred seufzte.

Utas letzte Gedanken sollten sich bewahrheiten, denn ihre Mutter hatte wenige Tage später einen Herzinfarkt erlitten, lag seither im Koma – die Ärzte konnten nicht sagen, ob sie jemals wieder aufwachen und ein normales Leben führen würde.

Utas Vater wandelte seither wie ein Zombie durchs Leben, als einziges Ziel vor Augen, die Polizei zu denunzieren, weil es wegen deren Unfähigkeit dem Täter überhaupt erst möglich gewesen sei, seine Tochter zu töten.

Manfred seufzte.

Und nun auch noch Sarah. Die Tochter eines preisgekrönten Pressefuzzis – als ob sie nicht bereits Probleme genug hatten.

Ihr einziger Hoffnungsschimmer, der Silberstreif am Horizont, war die Tatsache, dass Uta und Sarah einander gekannt hatten, wie sich nach dem Verschwinden des letzten Mädchens herausgestellt hatte. Nachdem Uta vermisst worden war, hatte man ihr komplettes Umfeld auf den Kopf gestellt, quasi jeden Stein auf der Suche nach ihr umgedreht, jeden Menschen befragt, der irgendwann mal mit ihr zu tun hatte. Auch Sarah war befragt worden, weil beide sich von früher aus der Grundschule kannten und damals eng befreundet waren. Die Freundschaft war auseinandergegangen, nachdem Sarah innerhalb Dresdens umgezogen war und seither in eine andere Schule ging. Als Uta vermisst wurde, die Presse darüber berichtete, hatte Sarah sich gemeldet und sich bereitwillig für Befragungen zur Verfügung gestellt.

Manfred seufzte. Und jetzt, ein halbes Jahr später, war sie es, die vermisst wurde. Hentschel versuchte, sich Sarahs Gesicht vor Augen zu rufen. Ihr goldblond gelocktes Haar. Ihre dunkelgrünen Augen, die den Anschein gemacht hatten, als könnten sie direkt in die Seelen der Menschen blicken. Manfred Hentschel erinnerte sich daran, dass er beim Gespräch mit Sarah gedacht hatte, wie unglaublich schade es war, dass Uta diesen Engel von einem Menschen als Freundin verloren hatte.

Allein der Gedanke daran, dass Sarah sich in den Händen dieses Monsters befinden könnte, bereitete Manfred Hentschel Übelkeit. Als die Meldung von Sarahs Verschwinden reingekommen war, hatte er im ersten Moment daran gedacht, alles hinzuschmeißen, doch wieder war es Manja gewesen, die ihn gestützt und ihm klargemacht hatte, dass es auch eine Chance für die Ermittlungen bedeuten konnte, dass beide Mädchen sich gekannt hatten.

Drei Teams waren seither rund um die Uhr damit beschäftigt, Utas Umfeld, ihre Hobbys und Onlineaktivitäten erneut durchzugehen und mit denen von Sarah abzugleichen. Das alles diente einzig und allein der Frage, ob es irgendeine winzige Übereinstimmung im Leben der beiden gab, die auf eine Spur zum Täter weisen konnte.

Manfred Hentschel stand auf, ging zum Fenster. Er selbst hatte die Aufgabe, mit Sarahs Eltern zu sprechen, zum dritten Mal seit ihrem Verschwinden und ihm war mehr als bewusst, wie diese darauf reagieren würde. Als Leiter der Soko »Engelsmord« stand er im Fokus aller Anfeindungen, jeglicher Kritik und wurde selbst innerhalb seines eigenen Teams kaum noch ernst genommen, weil man ihm inzwischen nicht nur anmerkte, sondern auch ansah, wie sehr ihn all das belastete. In der Chefetage war neulich sogar schon die Rede davon gewesen, ihn abzuziehen, doch schlussendlich war man zu der Entscheidung gekommen, dass eine neue Teamspitze nur weitere ermittlungsrelevante Verzögerungen mit sich bringen würde.

Also war es vorerst dabei geblieben, dass er Kopf des Teams war, obwohl inzwischen niemand mehr daran glaubte, dass er das Zeug dazu hatte, die Ermittlungen zu einem erleichternden Ende zu bringen. Er wollte gerade nach dem Hörer greifen und

Manja informieren, dass er zu den Gärtners fahren wollte, als es an der Tür klopfte.

Johannes Feldmeier, der Leiter der Dienststelle, streckte seinen Kopf zur Tür herein. Sein Gesichtsausdruck verhieß nichts Gutes.

Hentschel schluckte, bat seinen Chef, ihm gegenüber Platz zu nehmen.

»Eine Katastrophe ist geschehen«, kam Feldmeier ohne Umschweife auf den Punkt. »Wir haben ein weiteres vermisstes Mädchen. Die Meldung der Eltern kam gerade eben rein.« Er stockte, starrte Manfred mit einer Mischung aus Wut, Überforderung und Resignation an. »Anna Lindner, sechzehn, ist heute Morgen wie gewohnt aus dem Haus gegangen, wollte auf dem Weg zur Schule ihre Freundin Katja abholen und kam weder bei ihr noch in der Schule an.« Er räusperte sich, strich nervös sein tadellos sitzendes Hemd glatt. Dann sah er Manfred unheilschwanger an. »Das Verschwinden eines weiteren Mädchens – du weißt, was das für Sarah bedeutet?«

Manfred schluckte.

»Das wissen wir erst sicher, wenn wir vor ihrer Leiche stehen.«

Seufzen.

Feldmeier schüttelte den Kopf. »Schwachsinn!« Er stieß die Luft aus. »Du weißt ebenso gut wie ich, was das heißt. Sarah ist tot, nur deswegen hat der Schweinepriester sich gleich das nächste Mädchen gekrallt. Er wird schneller, Manfred, grausamer und rasender, von Mal zu Mal. Dieses Monster ist schon lange außer Rand und Band und er wird erst aufhören, wenn wir ihn geschnappt haben.«

»Wenn du eine Idee hast, irgendeine, dann raus damit«, schnauzte Hentschel und starrte Feldmeier wütend an. »Ich meine, du kennst mich seit einer Ewigkeit und solltest wissen, dass ich nicht hier sitze, mit dem Finger im Arsch, sondern mir den Hintern aufreiße, mein Team täglich zu Überstunden und Höchstleistungen antreibe, damit sich in dem Fall was tut.« Er schnappte nach Luft. »Dieser Kerl ist schlau, Johannes, er weiß genau, wann er was tut und wie er es machen muss, um nicht gesehen zu werden. Hinzu kommt, wie du weißt, dass er seine Opfer zwar nach bestimmten Kriterien, ansonsten aber zufällig auswählt. Alle Mädchen sind ihm ins Netz gelaufen, weil sie zur falschen Zeit am falschen Ort waren. Eine tragische Geschichte. Inzwischen ist ganz Dresden und Umgebung wachsam und trotzdem hat noch immer kein Mensch etwas Verdächtiges mitbekommen.«

»Dann holen wir uns eben noch jemanden von der OFA ins Team. Einen Kollegen, der den Fall noch mal aus einiger Distanz betrachtet. Legler steckt selbst schon viel zu tief drin. Außerdem sollten wir das LKA mit einbeziehen.«

Manfred stieß die Luft aus. »Hab ich längst erledigt und alle Vorkehrungen getroffen. Die schicken uns heute noch einen Profiler und einen Spezialisten für Tatortrekonstruktion.« Er stöhnte leise. »Wobei der Letztere eigentlich kaum etwas bringen dürfte, denn unser Täter tötet die Mädchen woanders, der Fundort der Leichen ist also keinesfalls der Tatort – so viel ist sicher.«

»Wie sieht es mit bundeslandesübergreifenden Ermittlungen aus?«

»Hab ich bereits nach dem zweiten toten Mädchen angeleiert. Damals gingen Anfragen an sämtliche Dienststellen im gesamten Bundesgebiet raus, in denen ich gebeten habe, nach Übereinstimmungen mit unseren Fällen zu recherchieren. Ich selbst habe seither auch immer wieder mal tagelang vor dem PC gesessen und die internen Datenbanken durchforstet.«

Feldmeier räusperte sich. »Dann schicken wir eben noch mal Anfragen raus. Und nicht nur bundesweit, sondern europaweit. Vielleicht hat unser gesuchter Mann vorher im Ausland gewütet, dann können wir die Datenbanken noch ewig durchstöbern, ohne was zu finden.«

Manfred nickte, machte sich eine Notiz.

»Und wenn das auch nichts bringt, dann müssen wir unsere Ermittlungen eben weltweit ausdehnen, Anfragen in die USA, nach Asien, Russland und weiß der Geier wohin schicken. Irgendwo muss das Arschloch doch früher schon mal gewütet haben und wenn dem so sein sollte, will ich, dass ihr das herausfindet!« Feldmeier ließ seine Faust auf Hentschels Tisch krachen und sprang auf. »Ich akzeptiere einfach nicht, dass dieser Irre weiter da draußen junge Mädchen abschlachtet, während wir uns auf der Suche nach ihm die Ärsche aufreißen und trotzdem von der Presse als unfähige Eierschaukler betitelt werden!«

Kapitel 10

Mai 2017
Augsburg

»Darf ich kurz stören?«, fragte Doro und sah Mark verunsichert an. »Wir können auch später reden, falls du …«

»Nein, nein, komm rein«, unterbrach er sie, während er weiter konzentriert auf die Tastatur einhämmerte. Als Doro ihm gegenüber vor seinem Schreibtisch saß, blickte er auf und lächelte.

»Wie kann ich dir helfen?«

Doro räusperte sich. »Sandro und ich sind aneinandergeraten.«

»Wegen des Lossmann-Falls?«

Doro nickte.

»Das alles ist irgendwie … seltsam. Die Mutter des Toten arbeitet gegen unsere Ermittlungen, behauptet, nichts über ihre Schwiegertochter zu wissen, kennt nicht mal den Mädchennamen der Flüchtigen. Die Nachbarn weigern sich, mit mir zu sprechen. Und zu allem Übel gab es nun auch noch eine Meinungsverschiedenheit mit Sandro, bezüglich Valerie Otto.« Doro seufzte, lehnte sich zurück.

»Wer ist Valerie Otto?«, fragte Mark und runzelte die Stirn. »Der Name sagt mir was, aber ich komm gerade nicht drauf.«

»Die Freundin der Flüchtigen. Von ihr wissen wir, dass Theodora an eine Affäre glaubte. Wir beide sprachen neulich schon mal über sie.«

»Stimmt«, Mark nickte. »Und weshalb bist du mit Sandro aneinandergeraten?«

»Ich habe die Anmerkung gemacht, dass Valerie Otto diejenige gewesen sein könnte, die die Affäre mit Thomas Lossmann hatte.«

»Ich verstehe.« Mark grinste. »Und dann hast du die Story weitergesponnen. Valerie hat ihren angeblichen Geliebten unter Druck gesetzt, wollte, dass er sich von der Ehefrau trennt. Doch der trennte sich anstatt von seiner Frau von seiner Geliebten und musste deshalb dran glauben.« Er räusperte sich. »Soweit richtig?«

Doro stieß ein verärgertes Stöhnen aus. »Deiner Reaktion zufolge, hältst du diese Theorie also auch für zu weit hergeholt?«

Mark antwortete nicht, starrte Doro nur lächelnd an. »Sag du es mir.«

»Komm mir nicht mit deinem Psychogequatsche! Ich bin keine deiner durchgeknallten Patienten, klar?«

Mark seufzte, den Blick weiterhin auf Doro gerichtet. »Erzähl weiter. Valerie Otto und Thomas Lossmann. Was könnte passiert sein?«

»Valerie drehte durch, brachte Thomas um. Anschließend tat sie der Ehefrau was an, brachte das Kind fort.« Sie hob die Schultern. »Vielleicht ist die Kleine ebenfalls tot. Weil sie etwas beobachtet hat?«

Mark räusperte sich. »Und was meint Sandro?«

»Er faselte was von 45 Kilo und dass Valerie rein körperlich gar nicht in der Lage sei, eine solche Tat, geschweige denn zwei Morde zu begehen.«

»Und was denkst du?«

»Psychisch kranke Menschen sind in der Lage, körperliche extreme Veränderungen zu durchleben. Schwache Menschen verbringen plötzlich Höchstleistungen, die sich körperlich nicht erklären lassen.«

Mark nickte. »Aber warum ist Sandro jetzt sauer auf dich?«

Doro stieß ein bitteres Lachen aus. »Woher weißt du, dass er sauer auf mich ist und nicht umgekehrt?« Sie schnappte nach

Luft. »Er ist hier gewesen? Bei dir?« Sie stand auf, funkelte Mark wütend an. »Warum hast du …«

»Setz dich wieder! Sofort!« Marks Gesichtsausdruck hatte sich verändert. Er wirkte plötzlich besorgt und wütend zugleich. »Sandro war nicht hier. Aber ich kenne dich. Ich weiß, wie du reagieren kannst, wenn du glaubst, die Menschen wären nicht deiner Meinung.«

»Was soll das nun wieder heißen?«

»Du hattest vor einiger Zeit ein Disziplinarverfahren am Hals, weil du auf einen Kollegen losgegangen bist. Niemand mochte damals mit dir zusammenarbeiten, weil du aggressiv warst, deine Gefühle nicht unter Kontrolle hattest, alles immer auf eigene Faust angehen wolltest.«

»Du weißt, warum ich so bin.«

»Du kannst nicht alle Aussetzer mit deiner Kindheit entschuldigen. Deine Mutter wurde vergewaltigt und brachte sich Jahre später um. Das ist natürlich furchtbar für ein junges Mädchen. Dein Vater starb kurz darauf an seiner Sauferei. Auch das war ein schrecklicher Schicksalsschlag für dich, weil du viel zu früh gezwungen warst, erwachsen zu werden. Trotzdem ist all das noch lange kein Grund, derartige Ausbrüche mit einem Kindheitstrauma zu entschuldigen. Du hast dich für den Polizeidienst entschieden. Und dieser bedeutet nun mal in erster Linie, immer im Sinne der aktuellen Ermittlungen zu handeln und mit den Kollegen ein Team zu bilden. Du bist manchmal einfach ziemlich anstrengend und damit kommt nicht jeder klar.«

Doro seufzte, spürte, wie die Ader an ihrer Schläfe anschwoll. »Ich weiß, dass ich schon lange wieder was tun müsste, um runterzukommen. Ruhiger zu werden. Aber dieser Fall … Mark … der macht mich fertig.«

»Weil dir das Verschwinden des Mädchens nahegeht?«

Kopfschütteln.

»Warum dann?«

»Weil ich den Eindruck habe, dass alle an mir vorbei arbeiten. Dass mir alles entgleitet.«

»Dass es dir heute so schlecht zu gehen scheint, hat nicht zufällig was mit gestern Abend zu tun?«

Doro riss den Kopf hoch, starrte Mark an. »Du glaubst, ich bin streitsüchtig, weil du gestern nicht mit mir schlafen wolltest?«

Mark antwortete nicht, sah sie nur weiterhin durchdringend an.

»Ich bin nicht wütend, verdammt! Nur enttäuscht. Und verängstigt.« Als Doro bemerkte, dass sie einen Fehler gemacht hatte, biss sie sich betreten auf die Unterlippe.

»Verängstigt? Weshalb?«

Kurz überlegte Doro, ihre Vermutung anzusprechen, bezüglich einer Affäre, unterließ es dann aber. »Ich habe Angst, dass wir uns verlieren.« Sie holte tief Luft, verbesserte sich schnell. »Dass ich dich verliere.«

»Doro«, Mark stand auf, kam um den Tisch herum zu ihr, ging in die Hocke. »Was gestern Abend gewesen ist, hat nichts mit dir zu tun, hörst du? Ich bin im Moment nur selbst extrem angespannt wegen der Krankengeschichte einer Frau, die ich seit Langem kennen, dass ich abends einfach total geschafft bin, verstehst du?«

Doro nickte.

»Wir sind nach wie vor ein Team und ich mag dich sehr.«

Doro stieß ein bitteres Lachen aus. »Das beruhigt mich jetzt aber, dass du mich magst. Ich mag auch viele Leute. Meine Friseurin, die Frau, die mir immer extra viel Erdbeercreme auf meinen Cupcake macht … Und sagtest du nicht neulich, dass du das neue italienische Restaurant in der City sehr magst?«

»Du bedeutest mir wahnsinnig viel, Doro, das muss dir für den Augenblick einfach genügen, bis ich wieder ein wenig klarer sehe.«

Sie stand auf, sah Mark resigniert an. »Dann schlage ich vor, dass ich die nächsten Tage hier im Büro schlafe. Wenigstens so lange, bis du wieder in der Lage bist, etwas mehr für mich zu empfinden als für italienisches Essen.«

Zurück in ihrem Büro musste Doro sich zusammenreißen, nicht in Tränen auszubrechen. Alles ging den Bach runter. Einfach alles …

Die Ermittlungen liefen alles andere als rund. Ihre Beziehung mit Mark stand auf der Kippe. Und dann war da noch Sandro, der aus welchem Grund auch immer wütend auf sie war. Sie überlegte einen Augenblick. Hatte Mark recht, als er sagte, dass sie ein schwieriger Mensch sein konnte?

Dass sie von ihren Kollegen voraussetzte, dass diese ihre Denkanstöße und Ideen als Gottesgeschenk betrachteten, während sie selbst alles andere als offen für die Meinungen anderer war?

Sie stand auf, verließ ihr Büro, machte sich auf den Weg, Sandro zu suchen. Sie fand ihn schließlich bei den Technikern, bat ihn um ein Gespräch unter vier Augen. »Tut mir leid wegen vorhin«, brachte sie schließlich mühsam hervor, suchte nach Worten. »Wenn ich mich in einen Fall verbissen habe, in die Idee, wie es gelaufen sein könnte …« Sie hob die Schultern. »Es fällt mir dann schwer, zu akzeptieren, dass es auch anders gewesen sein könnte.«

»Denkst du immer noch, dass Otto was damit zu tun haben könnte?«

Doro senkte den Blick.

»Sollen wir hinfahren? Noch ist es nicht zu spät.«

Doro riss die Augen auf. »Das würdest du tun?«

Sandro grinste angestrengt. »Ich kenne dich nicht erst seit gestern. Eher gibst du doch sowieso keine Ruhe.«

»Dann bist du nicht mehr sauer?«

Er schüttelte den Kopf. »Das war ich nie.«

Doro sah ihn zweifelnd an. »Also vorhin wirktest du, als wolltest du jemandem den Kopf abreißen.«

Wieder ein Grinsen. »Ich war genervt. Gereizt vielleicht sogar. Aber das ist auch kein Wunder, wenn man bedenkt, wie verzwickt dieser Fall ist.«

Doro nickte. »Und wie ich es vermutet habe – dieser Aufruf in den Medien brachte bislang gar nichts. Nur paar Spinner, die behaupteten, die Kleine vor Wochen im Ausland gesehen zu haben, obwohl sie erst seit Tagen verschwunden ist. Dazukommt, dass die Spinner vom Standesamt sich wegen der Abstammungsurkunde blöd anstellen. Die behaupten, sie längst hergeschickt zu haben, obwohl noch immer nichts

angekommen ist …«

Sandro verzog das Gesicht. »Und ich hatte vorhin jemanden am Telefon, der mir weismachen wollte, das vermisste Mädchen sähe aus wie seine vor fünfzig Jahren verstorbene Schwester.«

Doro stieß die Luft aus. »Die Sender werden die Meldung rauf und runter ausstrahlen, zu verschiedenen Zeiten. Hier wird es also die nächsten Tage noch rundgehen. Die Zentrale ist drauf geschult, alles Relevante rauszupicken und weiterzuleiten.«

Sie sah auf die Uhr, legte den Kopf schief. »Steht dein Angebot mit der Otto noch?«

Sandro stand auf, schlüpfte in sein Sakko. »Lass uns fahren, bevor eine Nachtschicht draus wird.«

»Meine Frau schläft jetzt und ich möchte Sie freundlich bitten, mein Grundstück zu verlassen!« Matthias Otto, Valeries Mann, blickte demonstrativ von Doro zu Sandro. »Wenn es möglich wäre, sofort!«

Sandro wollte schon den Rückzug antreten, als Doro ihn zurückhielt. »Jetzt ist es aber genug!«, rief sie. »Sie behindern hier gerade die Arbeit der Kriminalpolizei und dass darauf eine Strafe steht, muss ich Ihnen wohl nicht sagen.« Sie starrte Otto wütend an, wartete ab.

»Haben Sie einen Beschluss oder so was in der Art? Etwas, das Sie und Ihren Kollegen berechtigt, uns zu befragen?«

Doro stieß die Luft aus. »Wir wollen nicht in Ihr Haus und planen auch keine Überwachung oder dergleichen. Wir wollen nur mit Ihrer Frau sprechen, weil sie nun mal die Lossmanns gut kannte.«

»Ich kannte Thomas auch«, erklärte Otto. »Fragen Sie mich!«

Doro schüttelte den Kopf. »Das geht nur Ihre Frau etwas an. Schließlich geht es um ihr Verhältnis zu Thomas Lossmann.«

»Was wollen Sie damit andeuten?«

»Damit will ich sagen, dass laut Aussage Ihrer Frau, Theodora Lossmann glaubte, ihr Mann habe eine Affäre.«

»Und was hat das mit Valerie zu tun? Warum interessiert Sie, was meine Frau für ein Verhältnis zu Thomas hatte?«

Doro atmete tief durch. Dann sah sie Matthias Otto fest an. »Ich will wissen, ob Valerie und Lossmann je eine intime Beziehung hatten.«

Ein Keuchen drang aus dem Innern des Hauses zu ihnen hinaus, dann trat Valerie hinter ihren Mann.

»Geh wieder rein«, sagte Matthias liebevoll und schob seine Frau in den Gang zurück.

»Schon gut«, antwortete Valerie und sah Doro verletzt an. »Was soll das?« Sie sah zu Sandro. »Warum sagt sie das? Ich und eine Affäre mit Thomas? Das ist ja verrückt.« Sie brach in Tränen aus, wehrte die tröstende Hand ihres Mannes ab. »Am Ende heißt es noch, ich habe ihn ermordet … Und das Mädchen auch … Dabei habe ich die Familie so gern gemocht. Und … Thea auch.« Sie sah erst Sandro und dann Doro an, schluchzte laut auf. »Ich könnte nie, niemals … Wir waren beste Freundinnen … Wie könnt ihr nur …« Dann brach sie schluchzend zusammen.

»Jetzt ist Schluss«, rief Matthias Otto und schob seine Frau entschlossen ins Innere des Hauses. »Und Sie beide verschwinden jetzt, bevor ich Sie wegen Belästigung anzeige!« Er schlug Doro und Sandro die Tür vor der Nase zu.

Als sie im Auto saßen, sah Sandro Doro prüfend an. »Bist du jetzt zufrieden?«

Sie seufzte. »Viel rausgekommen ist ja nicht gerade.«

»Was hast du erwartet?«

Kopfschütteln.

Dann ein Räuspern.

»Ganz egal, ob ich mit meiner Vermutung, dass Valerie in den Fall involviert ist, falsch liege – diese Frau hat definitiv etwas zu verbergen«, sagte sie schließlich leise. »Und ihr Mann weiß ebenfalls etwas. Daran besteht kein Zweifel.«

»Und was?«, wollte Sandro wissen.

Doro hob die Schultern. »Ich werde es herausfinden«, erklärte sie schließlich. »Aber jetzt muss ich erst mal ein paar Stunden schlafen, ich bin nämlich fix und fertig.«

Sandro nickte. »Fährst du mit Mark mit?«, fragte er. »Oder soll ich dich fahren?«

Doro verzog das Gesicht. »Wir haben im Moment eine kleine Krise«, erklärte sie. »Nichts Ernstes«, fügte sie hinzu, als sie Sandros Gesichtsausdruck sah.

»Dann pennst du im Präsidium?«, fragte er entgeistert. »In der Abstellkammer?«

Doro prustete los. »So schlimm ist es dort gar nicht. Immerhin gibt es eine Schublade mit Chips und Schokolade sowie eine bequeme Liege mit Kissen und Decken.« Sie gähnte verhalten, schielte verstohlen auf ihre Uhr.

»Ich versteh schon«, grinste Sandro und startete den Wagen.

Keine Stunde später stand Doro unter der Dusche im Polizeipräsidium und genoss das beinahe heiße Wasser, das auf ihren Kopf prasselte, ihren Nacken entspannte, ihren Rücken entkrampfte. Sie seufzte, als ihr Innerstes sich zum ersten Mal an dem Tag wohlig warm anfühlte, ihr Herz langsam und gleichmäßig schlug, sie entspannt ein- und ausatmete. Sie konnte nicht abschätzen, wie lange sie schon unter dem Wasserstrahl stand, vermutete aber, dass es fast eine halbe Stunde sein musste, weil die Haut an ihrem Körper sich bereits rot verfärbt hatte. Sie wollte gerade nach dem Wasserhahn greifen, als ein scharfer Schmerz durch ihren Kopf schoss. Sie stöhnte, presste ihre Augen fest zusammen, atmete gegen das Hämmern an.

Wieder ein gleißender Schmerz, noch intensiver als der zuvor. Wimmernd ging Doro in die Knie, ließ sich schließlich auf die Seite fallen, konzentrierte sich auf ihre Atmung. Dann sah sie es plötzlich, fast real vor ihrem geistigen Auge, fragte sich, ob sie langsam verrückt wurde.

Ein junges Mädchen.

Blond.

Schlank.

Wunderschön.

Nackt.

Es hatte einen weit aufgerissenen Mund.

Rang nach Luft.

Die Augen des Mädchens quollen aus den Höhlen hervor, der Körper sah verunstaltet aus, war von violett-blau-grünen Flecken übersät, hatte blutige Striemen und Wunden, aus denen das Blut in Form eines dünnen Rinnsals hervorsickerte.

Dann hörte sie es.

Ein lang gezogener Schrei, fast ein Heulen, das schließlich in ein Röcheln überging.

Dann war Stille.

Sekundenlang.

Minutenlang.

Das Mädchen war tot, daran bestand kein Zweifel.

Panisch kämpfte Doro gegen das Bild und die Geräusche in ihrem Kopf an.

Wieder schoss ein Schmerz durch ihr Gehirn, dann spürte sie plötzlich einen metallischen Geschmack im Mund.

Was ging mit ihr vor? Drehte sie langsam, aber sicher durch?

Sie wollte sich gerade auf die Knie rappeln und hochstemmen, als das Gesicht des Mädchens erneut in ihrem Kopf auftauchte.

Das Schlimmste an diesem Anblick waren die Augen, die ins Leere starrten und direkt in Doros Seele zu blicken schienen. Mit einem letzten Atemzug versuchte sie, sich gegen diesen … Horror zu wehren, dann wurde es dunkel um sie.

Kapitel 11

Mai 2017
Dresden, vor drei Tagen

Manfred Hentschel gähnte herzhaft, blickte sich dann in der Runde seiner Kollegen um. »Irgendwelche Neuigkeiten?« Allgemeines Gemurmel in der Runde, dann betretene Stille. Ein jüngerer Kommissariatsanwärter hob schließlich die Hand. »Wir haben Utas Freundeskreis befragt und auf Gemeinsamkeiten mit dem von Sarah verglichen, dabei gab es ein paar Übereinstimmungen. Die Mädchen kannten sich, wie wir wissen, waren früher mal eng befreundet. Wir haben also alle Mädchen und Jungs befragt, die beide Mädchen näher oder sogar von früher kannten, die Befragungsprotokolle anschließend genau verglichen.« Er brach ab, seufzte.

»Ich nehme an, dass Sie zu keinem Ergebnis gekommen sind?«

Der junge Mann sah Manfred schuldbewusst an. »Ich wünschte, ich könnte etwas Positives sagen, aber leider ...« Er hielt inne, sah zu Boden. Als er wieder aufblickte, sah er Manfred fest ins Gesicht. »Wir haben wirklich jeden Stein umgedreht, jedes noch so winzige Detail beleuchtet. Aber tatsächlich scheint es, als wäre die einzige Gemeinsamkeit, die einzige echte Verbindung beider Mädchen die Tatsache, dass sie einander kannten. Seit die Freundschaft wegen des Umzugs auseinanderging, hatten sie sich nicht mehr gesehen. Es gab keine gemeinsamen Freizeitbeschäftigungen mehr, keine gemeinsamen außerschulischen Kurse, keine Übereinstimmungen für Arztkonsultationen oder Friseurbesuche. Klar – beide könnten einander zufällig beim Shoppen in der City begegnet sein, ohne dass sie jemandem davon erzählt haben, aber ansonsten gibt es keinerlei Hinweise auf irgendeine Verbindung der Mädchen, zum Zeitpunkt, als diese dem Täter in die Arme liefen.«

Ein älterer Kollege hob die Hand. »Ich hab von Utas Eltern erfahren, dass sie vor einiger Zeit für eine Nacht in der Uniklinik war. Es ging um eine Lebensmittelvergiftung.«

Manfred runzelte die Stirn.

»Wie lange her?«

»Etwa ein halbes Jahr vor ihrem Tod.«

»War irgendeines der anderen Mädchen schon mal in derselben Klinik?«

»Na ja, ich glaube, jeder von uns war im Laufe seines Lebens schon mal im Krankenhaus. Ob das jetzt unbedingt …«

»Gut«, unterbrach Manfred ihn, »dann beschränke ich meine Frage auf einen Zeitraum von zwei Jahren. War eines der anderen Opfer im Laufe der letzten zwei Jahre ebenfalls in dieser Klinik?«

Räuspern, dann erfüllte das Rascheln von Papier den Raum, gefolgt von leisem Gemurmel.

»Laut unseren Unterlagen nicht«, sagte Manfreds Kollege.

»Habt ihr die Sache mit dem Krankenhaus separat betrachtet? Damit meine ich – habt ihr die Eltern aller Mädchen gezielt auf einen Krankenhausbesuch in der Uniklinik innerhalb der letzten Zeit angesprochen?«

Nicken. »Wir sind ja nicht erst seit gestern dabei.« Manfreds Kollege wirkte genervt.

»Und außer Uta war keines der Mädchen innerhalb der letzten zwei Jahre in der Klinik?«

»Nein. Als wir die Information von Utas Eltern bekommen haben, haben wir sofort bei den Eltern der anderen Mädchen angerufen – keine Übereinstimmung.«

»Also war keines der anderen Mädchen – auch Sarah nicht – innerhalb der letzten 24 Monate in irgendeinem Krankenhaus?«

Manfreds Kollege sah verunsichert zu Manja. Dann wandte er sich wieder Manfred zu. »Wir haben ehrlich gesagt nur die Uniklinik in unsere Ermittlung eingeschlossen. Und da war Uta die Einzige.«

Manfred stieß die Luft aus, schien zu überlegen. Dann atmete er tief durch. »Prinzipiell würde ich sagen, dass das ausreicht. Aber in unserem speziellen Fall wäre es besser, wenn wir unsere Ermittlungen hinsichtlich der Krankenhaussache auf alle Kliniken im Umkreis ausweiten.«

Allgemeine Zustimmung in der Runde, dann meldete sich Manja zu Wort.

»Manfred hat vor einigen Tagen die Ermittlungen europaweit ausgedehnt und eine Anfrage an sämtliche Polizeidienststellen im Ausland verschickt. Dabei ging es im Grunde um Fälle – sowohl ungelöste als auch abgeschlossene – in der Vergangenheit, in der junge blonde Mädchen zuerst entführt und schließlich ermordet wurden.« Sie hielt inne, strich sich mit den Fingern einen imaginären Fussel von der Hose. Dann hüstelte sie nervös. »Bis jetzt gab es nur drei Übereinstimmungen, bei denen sowohl das Drumherum als auch die Optik der Opfer hundertprozentig zu unserem Fall passt – eine in Tschechien, dann in der Nähe von London und eine in Finnland – alle drei erwiesen sich nach eingehender Beurteilung als nicht relevant für unsere Ermittlungen.« Manja sah zu Manfred, nickte knapp.

Der stand auf, sah sich in der Runde seiner Kollegen um. »Wir bekommen noch heute einen weiteren Spezialisten von der OFA zugeteilt, zudem werden uns in Kürze Profiler aus den Vereinigten Staaten und Japan bei den Ermittlungen behilflich sein. Das Ganze läuft übers Internet – mal sehen, ob die beiden ihr Geld wert sind …«, versuchte Manfred, die Situation aufzulockern. »Fakt ist, dass wir der Tatsache ins Auge blicken müssen, dass wir den Fall ohne Hilfe von außerhalb nicht lösen können, die Presse uns im Nacken sitzt, der Gürtel langsam enger wird. Da draußen hat sowieso schon Panik geherrscht, die Entführung von Sarah Gärtner hat eine Massenhysterie draus gemacht, jetzt kam noch Annas Entführung hinzu – eine Katastrophe für die Ermittlung.«

Manfred spürte, wie Übelkeit in ihm aufstieg, als er an sein Gespräch mit Feldmeier vor einigen Tagen zurückdachte. Er verdrängte das Gefühl von beißender Gallenflüssigkeit in seinem Hals, schluckte gegen das Brennen an. »Ich schlage also vor, dass wir zuerst die Krankenhaussache angehen – falls es da zu einer Übereinstimmung kommen sollte, möchte ich, dass das gesamte Personal schnellstmöglich in Augenschein genommen wird, und damit meine ich vom Oberarzt bis hin zum Hausmeister – nur damit es da keine Missverständnisse gibt.« Er räusperte sich, blickte reihum. »Ich benötige ein Team an Kollegen, die sich um die Auslandssuche kümmern. Wir haben noch etliche Meldungen bekommen, bei denen nur eine Komponente oder gar keine mit unserer Ermittlung zusammenpasst und die wir deswegen bis heute zurückgestellt haben. Da sind ungelöste Morde an jüngeren Mädchen als den unseren dabei, Morde an älteren Frauen, Vermisstenfälle, die nie aufgeklärt wurden. Vermeintlich geschlossene Akten, deren Fälle bei näherer Betrachtung ebenfalls zu unserem passen. Wenn wir also in Betracht ziehen, dass unser Täter zuvor im Ausland gelebt und dort gemordet hat, liegt die Vermutung nahe, dass er intelligent genug ist, um zu wissen, dass wir irgendwann die europäischen Kollegen hinzuziehen und im Falle einer Übereinstimmung der Opferprofile und des Tathergangs irgendwann auf ihn kommen könnten.« Er schluckte, räusperte sich. »Und da unser Mann alles andere als dumm oder unvorsichtig ist, müssen wir davon ausgehen, dass er auch diese Option berücksichtigt hat. Vielleicht hat er früher auf die tagelangen Misshandlungen seiner Opfer verzichtet, brachte sie sofort um, sodass es zu keiner Vermisstenzeitspanne kam.« Er hob die Schultern. »Oder er hat seinen Modus Operandi geändert. Vielleicht sogar seine Optikvorliebe.«

»Ist es nicht extrem unwahrscheinlich, dass ein Serienkiller sein Opferprofil ändert?«, fragte eine junge Frau mit pechschwarzer Strubbelfrisur und Nasenpiercing aus der Onlinerecherche.

Manfred nickte düster. »Unwahrscheinlich, aber nicht unmöglich. Es könnte sein, dass er früher jüngere Mädchen umgebracht hat. Oder Frauen um die Anfang zwanzig bis Ende zwanzig. Dann hat sich für ihn im Grunde nur das Alter geändert. Er könnte auch eine winzige Veränderung der Optik in Eigeninteresse vorgenommen haben. Vielleicht waren es vorher Frauen und Mädchen, die etwas mehr auf den Rippen hatten. Oder Mädchen, die naturblond, aber dunkel gefärbt waren. Wir müssen also jede noch so winzige und abwegige Eventualität berücksichtigen, wenn wir die Akten aus dem Ausland durchgehen. Und wir sollten auch sämtliche Mordfälle der letzten zehn Jahre an Mädchen und Frauen im Alter zwischen zehn und dreißig in Deutschland nochmals überprüfen. Irgendwelche Freiwillige dafür?«

Die schwarzhaarige Kollegin nickte. »Das kann ich mit meinen Leuten übernehmen.«

Manfred nickte. »Manja und ich übernehmen den OFA-Typen, unterrichten ihn in allen Einzelheiten des Falles, kümmern uns anschließend um die Profiler aus dem Ausland.« Er verzog das Gesicht. »Hat einer der anwesenden Herrschaften evtl. japanische Sprachkenntnisse?«

Schweigen, dann ein vorsichtiges Räuspern aus Richtung Tür. »Mein Lebensgefährte schreibt Bücher, die in einer japanischen Kleinstadt angesiedelt sind«, erklärte Bettina Meister, eine Kollegin über vierzig, die seit fünfzehn Jahren bei der Spurensicherung war. »Ben hat während seines Literaturstudiums in Japan gelebt, spricht zwar nicht fließend Japanisch, wäre aber sofort verfügbar …«

Manfred überlegte einen Augenblick und nickte dann. »Pfeifen Sie ihn her.«

Bettina nickte, zog ihr Smartphone aus der Tasche, ging aus dem Zimmer.

»Sonst noch irgendwelche Ideen?«, fragte Manfred.

Stille.

»Okay«, er seufzte, stand auf, sah Manja müde an. »Dann lass uns mal loslegen und die Aktenstapel sortieren, der Kollege müsste jede Minute eintreffen.«

Am Abend fühlte Manfred sich so ausgelaugt wie noch nie zuvor in seinem Leben. Hinzu kam, dass die Übelkeit vom Vormittag sich noch gesteigert hatte, er mittlerweile heftige Schmerzen im Oberbauch verspürte, die sich gürtelförmig bis zum Rücken zogen und beinahe stündlich an Intensität zunahmen. Von Manja hatte er zwei Ibuprofen 600 bekommen, die nur für kurze Zeit geholfen hatten, und inzwischen musste er zugeben, dass er sich, wenn das so weiterging, nicht mehr viel länger auf den Beinen halten konnte. Er spürte die Schweißperlen an der Stirn und auf der Stelle zwischen Nase und Oberlippe, bemerkte, wie sein nassgeschwitztes Hemd unangenehm am Rücken pappte, wünschte sich im Augenblick nichts sehnlicher, als eine heiße Dusche zu nehmen und zu schlafen – in der Hoffnung, dass der Schmerz nach einer ordentlichen Erholungsphase verschwunden sein würde. Doch tief im Innern wusste Manfred, dass auch das nicht helfen würde, den Schmerz auszumerzen. Nicht dieses Mal. Viel zu oft hatte er während der Ermittlungen in den vergangenen Monaten auf ein anständiges Essen verzichtet, sich nur von Kaffee und Fast-Food-Dreck ernährt, sich kaum Ruhe gegönnt, oft bis zum Exitus gearbeitet. Dass seine sowieso schon schwächelnde Gallenblase nun komplett den Geist aufgab, wunderte ihn nicht. Das Problem war nur, dass er es sich zum gegenwärtigen Zeitpunkt nicht erlauben konnte, zum Arzt zu gehen, weil dieser ihn ohne Umweg ins Krankenhaus schicken würde, wo er selbstverständlich auch hingehörte.

Er seufzte, als eine neue Welle des Schmerzes ihn überrollte, biss sich auf die Innenseiten seiner Wangen, ignorierte das Gefühl von Atemnot, ausgelöst vom Schmerz, die Schwärze, die ihn einzulullen begann. Mit aller Kraft bündelte er seine Konzentration, wandte sich Peter Ostenberger von der OFA zu, der ihn mit einer Mischung aus Neugier und Besorgnis anstarrte.

»Geht es Ihnen nicht gut?« Die Stimme des Kollegen drang wie aus weiter Ferne an sein Ohr, hatte etwas Lallendes, Verzerrtes, klang wie eine alte Musikkassette aus den 80ern, deren Band sich um die Spule des Rekorders gewickelt hatte.

Dann wurde es dunkel um ihn.

Als Manfred wieder zu sich kam, fühlte er sich, als wäre sein Kopf mit Watte gefüllt. Seine Kehle fühlte sich wund an, doch er hatte keine Schmerzen mehr. Er zwang sich, die Augen zu öffnen, blinzelte gegen die gleißende Helligkeit an, begriff im ersten Moment nicht, was los war und wo er sich befand. Es dauerte einige Sekunden, bis er erkannte, dass das Licht von den Strahlern an der Decke stammte, er sich in einem Raum mit weiß getünchten Wänden befand und in einem Krankenhausbett lag. Er starrte auf die Apparaturen um sich herum, auf die Klammer an seinem Mittelfinger, mit der sein Sauerstoffgehalt im Körper gemessen wurde, auf die Blutdruckmanschette um seinem linken Oberarm und auf den Schlauch, der unter seiner Decke hervorkam und zu einem Plastikbeutel führte, der am Bettgestell baumelte. Manfred stöhnte. Man hatte ihm einen

Blasenkatheter gelegt, was bedeutete, dass man beabsichtigte, ihn zu operieren. Ein Adrenalinstoß jagte durch sein Innerstes. Er musste aus diesem Bett aufstehen, sich von all den Geräten befreien lassen, den Katheter loswerden. Er riss sich die Klammer vom Finger, die Manschette vom Arm und war gerade dabei, nach dem Schlauch zu greifen, als er innehielt. Erst jetzt bemerkte er die Nadel in der Vene auf seiner linken Hand, von der aus ein dünner Schlauch zu einem Metallständer führte. Er zog ihn näher zu sich, setzte sich auf, zuckte zusammen, als ein scharfer Schmerz im Leib ihm den Atem raubte. Dann wurde ihm schwindelig. Die Tür ging auf und eine Krankenschwester kam ins Zimmer gestürzt. Sie schlug die Hände über dem Kopf zusammen, als sie Manfred stöhnend und mit schmerzverzerrtem Gesicht in seinem Bett sitzen sah.

»Was haben Sie denn hier veranstaltet?«, rief sie und sah sich um. Kopfschüttelnd hob sie die Manschette vom Boden auf. Dann sah sie prüfend auf seine Hand. »Und wo haben Sie den Oximeter hingeschmissen? Was soll das eigentlich? Sind Sie verrückt geworden?«

»Den was?«, Manfred holte zischend Luft. Dann fiel ihm die Klammer ein. »Das Oxiding muss auch da unten liegen, ich wollte gerade aufstehen, Sie kommen also genau richtig. Wenn Sie mir bitte diesen Drecks-Katheter rausziehen könnten!«

Die Schwester sah ihn verblüfft an. »Sie wollen Ihren Katheter loswerden?«

Manfred nickte wütend. »Ich verstehe nicht, weshalb der überhaupt nötig war. Und jetzt raus damit, ich hab es nämlich eilig!«

Die Schwester riss die Augen auf.

»Ich verstehe nicht …«

»Was gibt's da nicht zu kapieren? Ich muss ins Büro zurück und da kann ich schlecht hin, wenn mir ein Schlauch aus dem Hosenstall hängt.«

Die Schwester sammelte sich, sah Manfred an wie eine Mutter, die ihr trotziges Kleinkind zu beruhigen versuchte.

»Sie können jetzt nicht gehen. Auf gar keinen Fall! Und auch morgen nicht. Das wäre viel zu gefährlich. Die Nähte müssen sich erst stabilisieren und verheilen, das kann ein paar Tage dauern. Ganz davon zu schweigen, dass Sie unter starken Schmerzmitteln stehen, weil sie frisch operiert sind.«

Ungläubig riss Manfred die Augen auf, dann starrte er an sich hinab, hob die Bettdecke hoch. Erst jetzt fielen ihm die dünnen Schläuche auf, die von seinem Bauch zu einem mit Blut gefüllten Beutel führten. Er schob das hässliche Krankenhausshirt nach oben und strich seufzend über den dicken Verband auf seinem Oberbauch. Dann sah er die Schwester an. »Was genau ist passiert?«

Die Frau verzog das Gesicht. »Sie hatten großes Glück«, sagte sie dann und lächelte aufmunternd. »Ihre Gallenblase ist geplatzt und ohne Not-OP wären Sie inzwischen tot.« Sie sah Manfred streng an. »Wie konnten Sie nur so lange mit diesen Schmerzen herumlaufen? Wären Sie ein paar Tage früher zum Arzt gegangen, wäre alles nur halb so schlimm gewesen.«

Manfred schluckte.

»Und wie lange sitze ich jetzt hier fest?«

Die Schwester hob die Schultern. »Eine Woche mit Sicherheit. Wenn nicht sogar länger.«

Manfred schüttelte entschieden den Kopf. »Das ist inakzeptabel. Ich will Ihren Vorgesetzten sprechen!«

Chefarzt Dr. Bruhns sah Manfred mit emporgezogenen Augenbrauen an. »Sie sind unzufrieden mit der gegenwärtigen Situation, wie ich hörte?«

»Das kann man wohl sagen«, brummte Manfred. »Als leitender Ermittler bei der Mordkommission kann ich es mir nun mal nicht erlauben, während eines aktuellen Falles auszufallen. Und schon gar nicht für ein bis zwei Wochen.«

Dr. Bruhns nickte verständnisvoll. »Das kann ich nachvollziehen. Doch Sie müssen auch verstehen, dass ich Sie als frisch operierten Patienten nicht einfach gehen lassen kann. Da gibt es Risiken, die einzugehen ich nicht bereit bin. So kann es beispielsweise zu inneren Nachblutungen kommen, vom Infektionsrisiko will ich gar nicht erst anfangen.« Er kam näher, sah Manfred eindringlich an. »Ich glaube, Ihnen ist nicht ganz klar, wie knapp Sie dem Tod von der Schippe gesprungen sind. Dass Sie noch da sind, haben Sie Ihrer Kollegin zu verdanken, die entgegen Ihren Einwänden den Notarzt verständigt hat.«

Plötzlich fiel es Manfred wieder ein. Das Gespräch mit Ostenberger von der OFA, bei dem er vor Schmerzen zusammengeklappt war. Manjas mangelnde Bereitschaft, diesen Vorfall einfach beiseitezukehren und weiterzumachen. Sie war es gewesen, die seine Ausflüchte, alles sei nur halb so wild, ignoriert und trotz seines Protestes den Rettungsdienst informiert hatte.

Ihr hatte er es zu verdanken, noch am Leben zu sein.

Er sah Dr. Bruhns an, nickte ergeben. »Dann brauche ich wenigstens mein Smartphone, damit ich mit meinem Team in Kontakt bleiben kann.«

Bruhns rollte mit den Augen, ging aber zu dem Einbauschrank am anderen Ende des Raums und öffnete die Tür.

»Wo ist das Gerät?«

»In meiner Jacketttasche.«

Der Arzt drehte sich bedauernd zu Manfred um. »Sie wurden in Hemd und Hose eingeliefert. Alles, was Sie bei sich trugen, ist hier in diesem Schrank. Und so wie ich das sehe, ist kein Jackett dabei.«

Manfred ließ seinen Kopf erschöpft auf das Kissen sinken. »Ich brauche das Ding aber. Und zwar so schnell wie möglich«, stieß er schließlich resigniert hervor.

Dr. Bruhns lächelte.

»Dann schlage ich vor, sage ich den Schwestern Bescheid, dass sie die junge Dame von der Kriminalpolizei zurückrufen sollen, die sich schon ein paar Mal gemeldet und nach Ihrem Befinden erkundigt hat.«

»Du machst Sachen«, murmelte Manja und sah Manfred besorgt an. »Ich hatte solche Angst um dich.«

»Ach was«, winkte der ab. »Unkraut vergeht nicht.« Er räusperte sich unangenehm berührt. »Hast du mein Smartphone dabei?«

Manja zog es aus ihrer Handtasche und reichte es ihm. Sie sah irgendwie unschlüssig aus, als wollte sie ihm etwas sagen, wusste aber nicht, wie.

»Rück schon raus mit der Sprache«, sagte Manfred, dem Manjas seltsames Verhalten nicht entgangen war.

»Du bist raus aus dem Fall«, sagte sie schließlich geradeheraus und sah ihn betrübt an. »Das kommt von oben. Feldmeier hat mir Oswald vor die Nase gesetzt, er soll deinen Part übernehmen. Tut mir wirklich leid.«

Manfred schluckte.

»Ist sowieso egal«, brummte er dann. »Ich muss noch mindestens eine Woche hierbleiben.«

Manja seufzte. »Du hättest früher …«

»Noch einen Vortrag brauche ich nicht«, unterbrach er sie ungehalten, grinste dann, um seinen Worten die Schärfe zu nehmen. »Seid ihr weitergekommen?«

Kopfschütteln.

»Neuigkeiten aus dem Ausland?«

»Leider ebenfalls nein.«

»Und Ostenberger?«

Manja verzog das Gesicht. »Hat auch nichts Konstruktives beitragen können. Zumindest bis jetzt noch nicht.«

»Sonst irgendwelche Entwicklungen, von denen ich nichts weiß?«

Manja öffnete den Mund, schloss ihn dann wieder.

»Was?« Manfred sah sie ungeduldig an.

»Dr. Bruhns meinte, du solltest dich nicht allzu sehr aufregen, weil das deine Genesung beeinträchtigen könnte.«

Manfred riss alarmiert die Augen auf. »Darauf ist geschissen«, schnauzte er. »Ich kann selbst entscheiden, was ich wegstecke und was nicht.«

Manja schluckte, wirkte unentschlossen. »Manfred … ich weiß nicht …«

»Was ist los, verdammt!«

»Es geht um Sarah«, flüsterte Manja betreten.

Plötzlich schien alle Luft aus dem Raum gewichen zu sein und Manfred hatte Mühe, Luft in seine Lungen zu bekommen. Verzweifelt atmete er gegen die Enge in seiner Brust an, registrierte das Piepsen von einem der Geräte neben seinem Bett. Manja war blass geworden und von ihrem Stuhl aufgesprungen.

»Schnell«, stieß er hervor und sah seine Kollegin flehend an. »Bevor die diensthabende Schwester kommt und dich rauswirft. Ich muss wissen, was passiert ist.«

Manja wollte gerade ansetzen, als die Tür aufging und Schwester Bettina ins Zimmer trat. »Jetzt ist aber Schluss für heute«, erklärte die und sah anklagend zu Manja. »Dieser Mann braucht Ruhe zum Gesundwerden.«

Voller Entsetzen beobachtete Manfred, wie Manja ihre Jacke anzog und nach ihrer Tasche griff.

»Bitte«, stammelte er und grinste schwach, »lass mich nicht dumm sterben.«

Auf dem Weg zur Tür sah Manja sich noch mal nach ihm um. Ihr Blick war düster. »Okay. Du wolltest es ja nicht anders.« Sie ignorierte das ungeduldige Seufzen der Krankenschwester und sah sie auffordernd an. »Wenn ich noch eine Minute mit meinem Kollegen sprechen könnte …«

Die schüttelte stur den Kopf.

»Wie ich bereits sagte, braucht Herr Hentschel jetzt vor allem Ruhe.«

Manja seufzte. »Das war keine Bitte. Verlassen Sie jetzt das Zimmer!«

Schwester Bettina wurde blass, tat aber, wie ihr geheißen.

Manja räusperte sich. »Wie es aussieht, haben wir Sarahs Leiche gefunden. Doch egal, ob sie es ist oder ein anderes armes Mädchen – es handelt sich beim Täter definitiv um unseren Mann.« Sie brach ab, schluckte schwer. »Das Schwein hat ihren Körper am Elbufer abgelegt, ein Teil ihres Gesichtes ist daher vom Wasser aufgedunsen. Deswegen konnten wir bislang noch nicht die Eltern zur Identifizierung rufen, wir warten erst den Zahnstatus ab.«

Manfred seufzte. »Sie wissen aber, dass eine Leiche gefunden wurde?«

Nicken.

»Und sie können sicherlich eins und eins zusammenzählen.«

»Ja«, sagte Manja knapp und wirkte dabei wie versteinert.

Manfred winkte sie zu sich, wartete, bis sie direkt neben seinem Bett stand, griff nach ihrer Hand und drückte sie. »Torsten Gärtner macht euch die Hölle heiß?«

Manja sah Manfred nur an.

Er schüttelte den Kopf, wünschte sich in diesem Augenblick nichts mehr, als gesund zu sein und seiner Kollegin beistehen zu können. Er wusste ganz genau, wie sie sich gerade fühlte, was sie durchmachte. »Ganz egal, was sie dir einzureden versuchen – unser Team hat alles Menschenmögliche getan, hörst du? Das alles ist nicht unsere Schuld.«

Kapitel 12

Mai 2017
Augsburg

»Doro!«

Marks Stimme drang wie aus weiter Ferne zu ihr durch. Sie versuchte, die Augen zu öffnen, kam aber nicht gegen die bleierne Schwere an, die jeden Quadratmillimeter ihres Körpers in Besitz genommen hatte. Sie musste alle Kraft aufbieten, um dagegen anzukämpfen, schaffte es schließlich im vierten Anlauf, die Augen zu öffnen, starrte in die besorgten Gesichter von Mark und Lisbeth Zimmermann aus der Telefonzentrale. Es dauerte eine weitere, gefühlte Ewigkeit, ehe ihr bewusst wurde, wo genau sie sich befand, weshalb ihr so schrecklich kalt war und sie wie Espenlaub zitterte. Die nasskalten Fliesen unter ihr ließen die Kälte bis zu den Knochen durchdringen, ihr nasses Haar klebte unangenehm an Rücken und Schultern. Sie richtete sich auf, spürte Marks Blicke auf ihrem nackten Körper, fühlte sich plötzlich seltsam unwohl in ihrer Haut. Was war nur los mit ihr? Mark hatte sie gefühlte hundertmal so nackt gesehen, kannte jeden Zentimeter ihres Körpers in- und auswendig, wusste, wo er sie berühren musste, um sie auf Touren zu bringen, kannte jede einzelne ihrer erogenen Zonen. Warum also war es ihr jetzt derart unangenehm, vor ihm nackt zu sein? Warum fühlte sie sich in seiner Gegenwart so verletzlich? Sie sah in sein Gesicht, bemerkte den düsteren Schatten in seinen Augen, schluckte. Irgendwas zwischen ihnen hatte sich verändert und sie konnte einfach nicht sagen, was das war. Sie spürte den Kloß in ihrem Hals, das Gefühl von Schwere auf ihrer Brust und benötigte alle Konzentration, um nicht loszuweinen. Als sie sich stark genug fühlte, richtete sie sich auf, ließ sich von Mark helfen, auf die Beine zu kommen.

»Ich warte draußen, bis du dich angezogen hast«, erklärte er und sah unschlüssig von Lisbeth zu Doro.

»Ich komme zurecht«, erklärte sie und griff nach dem Handtuch und ihrer Unterwäsche, die Lisbeth ihr hinhielt.

Es dauerte keine Minute, bis sie sich komplett angezogen hatte und wieder vor Mark stand.

Sie sah zu Lisbeth, die unschlüssig neben ihnen beiden stand und nicht so recht wusste, was sie tun sollte.

»Mir geht es wieder gut«, sagte Doro und sah die Kollegin dankbar an. »Ich weiß deine Hilfe wirklich zu schätzen, aber jetzt muss ich Mark unter vier Augen sprechen.«

Lisbeth nickte knapp und machte sich auf den Weg zurück in die Telefonzentrale.

Als Doro sicher sein konnte, dass sie weit genug weg war, sah sie Mark an. »Ich hab was gesehen.«

Er runzelte die Stirn, sah Doro besorgt an. »Hier im Präsidium?«

Doro schluckte.

»Beim Duschen hatte ich plötzlich diese extremen Kopfschmerzen«, erklärte sie. »Und dann war da auf einmal dieses Mädchen. Lange blonde Haare, sehr hübsch, ungefähr sechzehn Jahre alt.« Sie brach ab, schnappte nach Luft. Als sie Marks Blick sah, wurde ihr klar, dass sie einen Fehler gemacht hatte.

»Was für ein Mädchen?« Er sah sie an, als wäre sie übergeschnappt.

Doro seufzte. »Ich habe ein Mädchen gesehen. Es war nicht real hier vor Ort, aber ich hab es gesehen, in meinem Kopf, alles wirkte so … echt! Und ich glaube, dass dieses Mädchen tot ist.«

Sie schüttelte den Kopf, als ihr bewusst wurde, wie irre sie sich anhörte, was sie sagte.

»Doro, bist du sicher, dass alles okay ist? Ich meine, du hörst dich an, als hättest du einen Schock oder so was in der Art.« Mark kam näher, strich eine feuchte Strähne aus ihrem Gesicht. »Ich gebe dir eine Tablette zum Schlafen, dann geht es dir bald wieder besser. Und es wäre gut, wenn du mit nach Hause kommst.«

Doro riss die Augen auf, starrte Mark an. »Das geht nicht.«

Er sah sie verwirrt an. »Warum nicht?«

Doro hob die Schultern. »Ich finde, wir sollten ein paar Tage Abstand voneinander haben. Wegen gestern Abend und wegen dem, was du heute Nachmittag gesagt hast.«

Mark seufzte. »Du solltest meine Worte nicht überbewerten. Nur weil ich momentan kein Verlangen danach habe, dir körperlich nahezukommen, bedeutet das doch nicht, dass ich nichts mehr für dich empfinde.«

Doro reckte ihm trotzig ihr Kinn entgegen. »Dann sag es, Mark!«

»Was soll ich sagen?«

»Dass du mich noch liebst … Dass du mich noch willst … Dass du …« Doro brach ab, senkte den Blick.

Einen Moment lang herrschte Schweigen zwischen ihnen, dann unterbrach Marks unbeholfenes Hüsteln die Stille.

»Du bedeutest mir eine Menge«, brachte er schließlich hervor, »und ich will, dass du glücklich bist, dass es dir bald wieder besser geht.«

Doro stieß ein bitterböses Lachen aus. »Ist dir eigentlich klar, wie armselig das klingt? Das alles hättest du auch zu jedem x-beliebigen deiner Patienten sagen können.« Sie funkelte ihn an. »Bis auf den Part, dass ich dir eine Menge bedeute. Aber auch das impliziert noch lange keine echten Gefühle, verstehst du?«

»Was willst du, Doro?« Mark sah sie mit eisigem Gesichtsausdruck an.

»Ich will, dass du sagst, dass du mich liebst!«

»Liebst du mich denn? Ich meine, hegst du tatsächlich tiefe, ehrliche Gefühle für mich?«

Marks Frage nahm ihr den Wind aus den Segeln, verwirrte sie. Sie öffnete den Mund, schloss ihn wieder, wusste nicht, was sie sagen sollte.

Wie ein Fausthieb wurde ihr bewusst, dass sie ihm keine Antwort auf seine Frage geben konnte.

»Und, Doro? Was sagst du? Hat es dir die Sprache verschlagen?«

»Ich … weiß es nicht.«

Sie hob die Schultern, fühlte sich merkwürdig schwer und auf beängstigende Weise hilflos.

Mark fixierte Doro, nickte dann. »Natürlich weißt du es. Die Antwort liegt tief in dir selbst. Du musst nur in dich hineinhören. Vielleicht verstehst du dann endlich, was um dich herum passiert …«

Eine Weile starrten sie einander einfach nur an, dann seufzte Mark, wirkte auf einmal tief traurig. »Ich gehe dir eine Schlaftablette holen. Damit du zur Ruhe kommst.«

Es war noch dunkel draußen, als Doro aus dem Schlaf schreckte. Durch die Tablette, die Mark ihr gegeben hatte, fühlte sich ihr Körper angenehm leicht an, in ihrem Kopf waberte dichter Nebel herum, machte jeden vernünftigen Gedanken nahezu unmöglich.

Sie stand auf, ging in die an den Ruheraum angrenzende winzige Nasszelle, drehte den Wasserhahn auf, spritzte sich ein paar Hände voll eiskaltes Wasser ins Gesicht. Als sie ihr Spiegelbild sah, erschrak sie. Sie sah blass und eingefallen aus, hatte riesige blauschwarze Ringe unter den Augen. Sie stieß die Luft aus, drehte den Wasserhahn zu. Im Grunde sah sie genauso aus, wie sie sich fühlte. Alt und ausgelaugt. Vielleicht sollten Mark und sie, wenn sie diesen Fall abgeschlossen hatte, einfach mal Urlaub machen?

Ein Stromstoß durchfuhr ihren Körper, als sie sich an die Situation erinnerte, bevor sie zu Bett gegangen war. Auf Marks Frage, ob sie ihn liebte. Sie hatte ihm keine Antwort geben können und auch jetzt war es ihr unmöglich, auch nur ansatzweise in Worte zu fassen, was genau sie für diesen Mann empfand. Liebe war es jedenfalls nicht – zumindest diesbezüglich war Doro sich mittlerweile absolut sicher. Und das lag nicht daran, dass sie glaubte, er hätte eine Affäre.

Sie ging zurück in den Schlafraum, setzte sich auf die Pritsche, ließ den Kopf hängen. So schwer es ihr auch fiel, zuzugeben – ihre Beziehung mit Mark war zu Ende und diese Tatsache lag nicht allein an ihm, sondern mindestens zu gleichen Teilen auch an ihr. Sie hatten sich auseinandergelebt und auseinander geliebt – so simpel war das.

Eine Schwere ergriff von Doro Besitz, als sie sich vorstellte, wie es sein würde, künftig ohne Mark zu leben, nach Feierabend nach Hause zu kommen, in eine leere Wohnung – die sie sich nun würde suchen müssen. Denn dass sie nicht länger mit ihm zusammen wohnen konnte, stand außer Frage.

Sie wollte sich gerade hinlegen, als wie aus dem Nichts das Bild des Mädchens wieder auftauchte.

Das vor Angst verzerrte Gesicht.

Die Augen im Todeskampf weit aufgerissen.

Doros Herz schlug hart gegen ihre Rippen, schien für einige Sekunden auszusetzen, nur um dann umso heftiger loszuhämmern.

Was zum Teufel war nur mit ihr los? Und warum wirkte das Bild des Mädchens in ihrem Kopf so dermaßen real?

Dabei war sie sicher, dieses Mädchen noch niemals zuvor gesehen zu haben.

Oder doch?

Sie stutzte.

Konnte es möglich sein, dass sie dieses Mädchen im Rahmen einer früheren Ermittlung schon einmal gesehen hatte und sich nur nicht bewusst daran erinnerte?

Doch warum sollte ihr Gehirn gerade jetzt eine Verknüpfung zu einem älteren Fall herstellen?

Das alles ergab doch gar keinen Sinn.

Hatte sie dieses Mädchen vielleicht beim Durchstöbern der internen Datenbank gesehen? Doch wann hatte sie zuletzt online die Vermisstenanzeigen durchgesehen?

In Bezug auf das Verschwinden der kleinen Lossmann hatte sie die Datenbanken bisher nur nach Fällen durchsucht, in denen kleinere Kinder vermisst wurden.

Sie stand auf, verließ den Ruheraum, machte sich auf den Weg nach unten in ihr Büro. Sie achtete darauf, leise zu sein, damit sie nicht die Aufmerksamkeit der Kollegen der Nachtschicht erregte, doch gerade als sie in den Aufzug treten wollte, kam Sandro um die Ecke.

Doro seufzte leise.

Der hatte ihr gerade noch gefehlt.

»Was machst du denn schon hier?«, fragte sie möglichst unbeteiligt.

Er sah müde aus, gähnte herzhaft.

»Konnte nicht mehr schlafen«, sagte er knapp und hob die Schultern. »Und du? Was machst du schon auf den Beinen?«

Kurz erwog Doro, ihm von dem Mädchen zu erzählen, das sie gesehen hatte, ließ es dann aber.

»Ich will meine Stichpunkte im Fall Lossmann noch mal durchgehen. Das Verschwinden der Kleinen lässt mich nicht zur Ruhe kommen.«

Sandro sah unschlüssig aus. »Soll ich dir helfen?«

Doro schüttelte schnell den Kopf. »Ehrlich gesagt wäre ich gern erst mal ein paar Minuten allein. Mein Gehirn muss sich zu dieser frühen Stunde erst warmlaufen, wenn du verstehst, was ich meine.«

Sandro nickte, sah sich unbeholfen um. »Dann treffen wir uns später zu einer Lagebesprechung?«

Doro nickte, wartete darauf, dass er verschwand, doch Sandro rührte sich nicht vom Fleck.

»Bist du sicher, dass ich nichts tun kann?«

Plötzlich begriff Doro, warum Sandro sich so seltsam verhielt.

»Wer war es?«, fragte sie und versuchte, nicht sauer zu klingen.

»Wer war was?« Sandro sah zu Boden.

»Wer hat dir von meinem Zusammenbruch erzählt?« Sie sah ihn fest an. »Ich nehme an, dass es Mark gewesen ist, nicht wahr?«

Sandro räusperte sich. »Er macht sich doch nur Sorgen um dich. So wie wir alle …«

Er schüttelte den Kopf, drehte sich dann um, ging davon.

Als Doro kurz darauf hinter ihrem Schreibtisch saß, musste sie zuerst ein paar Minuten gegen die aufsteigende Wut atmen. Was fiel Mark ein, herumzuposaunen, dass es ihr nicht gut ging? Wollte er etwa, dass man sie von dem Fall abzog? Sandro hielt sie sicher schon für einen Freak und es fehlte nicht mehr viel, dann würde er zum Oberboss rennen und ihm brühwarm erzählen, dass irgendwas mit ihr nicht stimmte.

Ihre Hände zitterten, als sie den Rechner hochfuhr und sich in die Datenbank einloggte. Dann lehnte sie sich zurück und fing an zu lesen.

Eine knappe Stunde später saß sie mit angehaltenem Atem vor dem Computer und starrte auf das Foto eines bildschönen jungen Mädchens aus Dresden, das vor zehn Tagen von ihren Eltern als vermisst gemeldet und inzwischen ermordet aufgefunden worden war. Der Name des Mädchens war Sarah Gärtner. Doro war absolut sicher, dass Sarah das Mädchen in ihrem Kopf war, zu dem ihr Gehirn bereits zweimal eine seltsame Verbindung hergestellt hatte.

Doro begann zu frieren, als sie aus den Berichten herauslas, dass Sarah nicht das einzige ermordete Mädchen aus Dresden war. Sie klickte sich durch weitere Berichte, las die Vermisstenanzeigen von Andrea Rosenberger, Marion Bergmann, Annemarie Weber und Uta Zettler – deren Tod alle auf das Konto desselben Täters gingen, der auch Sarah umgebracht hatte und nach dem noch immer gesucht wurde. Ihr stockte der Atem, als sie las, dass seit Kurzem auch eine junge Frau namens Anna Lindner vermisst wurde und dass man befürchtete, dass auch sie dem gesuchten Irren zum Opfer gefallen war.

Doro schüttelte den Kopf und fragte sich, warum zur Hölle in ihrem Kopf ein Mädchen aufgetaucht war, das aus Dresden stammte – einer Stadt, die sie noch nie in ihrem Leben besucht hatte, die ihr vollkommen fremd war und zu der sie keinerlei Bezug hatte.

Sie las sich erneut den Bericht über Sarah durch, lehnte sich schließlich ratlos zurück. Irgendwie hatte sie den Eindruck, etwas zu übersehen, spürte aber intuitiv, dass alles mit ihrem aktuellen Fall verknüpft sein könnte. Die Frage war nur, wie?

Plötzlich stach sie wie elektrisiert von ihrem Stuhl hoch, machte sich auf den Weg, Sandro zu suchen. Warum war sie da nicht gleich drauf gekommen? Als sie ihn und Jens Zöllner, einen Kollegen aus der Recherche, beim Kaffeetrinken in der Küche vorfand, kam sie sofort auf den Punkt. »Ich fahre jetzt zum Haus der Lossmanns, wenn du willst, kannst du mitkommen.«

Sandro runzelte die Stirn. »Erklärst du mir auch, warum?«

Doro seufzte. »Wenn ich das könnte, würde ich es. Im Moment habe ich nur eine vage Vermutung.«

Sandro nickte, wechselte einen Blick mit Zöllner, machte aber den Anschein, dass sein Interesse geweckt war. »Ich hole die Schlüssel zum Haus.«

Als sie eine knappe halbe Stunde später vor dem Lossmannschen Anwesen standen, sah Sandro sie fragend an. »Verrätst du mir wenigstens die Richtung, in die deine Vermutung geht?«

Doro schluckte. »Zuerst durchsuchen wir alle Schränke im Haus. Wenn ich finde, was ich denke, erkläre ich dir alles.«

Er nickte nur, wirkte aber nicht, als stellte ihn ihre Antwort zufrieden. Stattdessen hatte Doro den Eindruck, dass er sie deswegen für noch durchgeknallter hielt.

Egal.

Nachdem er die Tür aufgeschlossen hatte, machte sie sich schnurstracks auf den Weg zu Thomas Lossmanns Arbeitszimmer, riss die Schränke auf, nahm sämtliche Aktenordner heraus, stapelte sie auf dem Schreibtisch. Nach einem Blick zu ihrem Kollegen, der sie mit einer Mischung aus Argwohn und Skepsis ansah, setzte sie sich, fing an, die Ordner durchzublättern. Bereits im zweiten wurde sie fündig, grinste Sandro triumphierend an. »Ich wusste es!« Sie klatschte in die Hände, entnahm dem vor sich liegenden Ordner einen Packen Papiere und stand auf.

»Was soll das, Doro?« Sandro sah sie genervt an. »Du hast versprochen, mit der Sprache rauszurücken, sobald du was auch immer gefunden hast.«

Sie nickte aufgeregt. »Lossmann war Arzt«, erklärte sie. »Und er hat nicht irgendwo studiert, sondern in Dresden.«

Sandro hob die Schultern. »Na und?« Er schüttelte verständnislos den Kopf. »Ich stamme aus Nürnberg, habe meine polizeiliche Laufbahn dort begonnen und bin heute hier in Augsburg. Was ist seltsam daran? Lossmann hat eben in Dresden studiert und dann hier praktiziert. Ich verstehe wirklich nicht, worauf du hinauswillst.«

Doro atmete tief durch, legte sich in Gedanken ihre nächsten Worte genau zurecht. »Ich habe vorhin ein Mädchen vor meinem inneren Auge gesehen. Ein Mädchen, das … im Sterben lag. Das war in der Dusche, kurz bevor ich …« Sie brach ab, suchte nach Worten, ließ Sandro dabei nicht aus den Augen.

Ihr Kollege schwieg, sah sie einfach nur an.

»Dieses Mädchen, das ich gesehen habe, es existiert tatsächlich. Sein Name ist Sarah Gärtner. Sarah lebt … lebte mit ihrer Familie in Dresden und sie wurde vor zehn Tagen entführt und schließlich ermordet aufgefunden. So wie all die anderen Mädchen.«

Sandro riss die Augen auf, schüttelte verwirrt den Kopf. »Ich habe von der Mordserie in Dresden gehört. Doch was hat das mit dir zu tun? Und mit dem Lossmann-Fall?«

Doro wedelte mit den Papieren in ihrer Hand vor Sandros Nase herum.

»Lossmann hat in Dresden Medizin studiert. Das geht aus diesen Unterlagen hervor. Und in Dresden verschwinden und sterben seit einiger Zeit junge Mädchen. Lossmanns Frau und seine Tochter sind auch verschwunden. Er selbst ist tot. Da muss es einfach einen Zusammenhang geben! Warum sonst hat mein Gehirn diese Verknüpfung des Lossmann-Falles zu dem in Dresden hergestellt? Warum sehe ich eines der toten Mädchen aus Dresden?«

Sandro verzog das Gesicht. Er sah aus, als stünde er kurz davor, Doro in die Klapsmühle einliefern zu lassen.

»Doro, diese Mädchen sind in den internen Datenbanken gespeichert, die Nachrichten bringen seit Wochen nichts anderes im Fernsehen und im Radio. Neulich haben die Kollegen aus

Dresden uns eine Anfrage geschickt, in der sie gebeten haben, dass wir nachsehen, ob es bei uns in Bayern ähnliche ungelöste Fälle in der Vergangenheit gab. Dass du dieses Mädchen gesehen hast, ist also nichts Ungewöhnliches.«

Doro schüttelte energisch den Kopf. »Mir egal, was du machst, ich fahre jetzt zu Ingeborg Lossmann und frage sie, ob sie weiß, ob ihr Sohn auch nach seinem Studium noch in Dresden zu tun hatte.«

Sandro atmete tief durch. Dann nickte er ergeben. »Ich weiß zwar nicht, was das bringen soll, aber von mir aus. Vielleicht können wir uns danach ja endlich um unseren tatsächlichen Job kümmern. Du erinnerst dich? Wir sollten eigentlich Mathilda finden.«

Doro sah Sandro fest an. »Von mir aus halt mich für verrückt, aber ich bin mir absolut sicher, dass Mathildas und Theodoras Verschwinden irgendwas mit diesen Dresdner Morden zu tun hat.«

Kapitel 13

Mai 2017
Dresden

Seit ihrem Krankenhausbesuch bei Manfred gingen Manja die Worte ihres Kollegen nicht mehr aus dem Kopf. Stimmte es, was Manfred sagte? War das alles tatsächlich nicht ihre Schuld? Manja schluckte, erinnerte sich an den letzten Besuch von Torsten Gärtner, hier im Präsidium, an seine Anschuldigung, jeder weitere Mord sei einzig und allein der Inkompetenz der Polizei geschuldet. Und so sah das nicht nur Gärtner, sondern auch die Bevölkerung da draußen, wie Zeitungsartikel und Fernsehreportagen zum Thema berichteten.

Inzwischen war es schon so, dass es Manja unangenehm war, bei den Angehörigen der toten Mädchen anzurufen, wenn sie Fragen zum Fall hatte, weil sie wusste, dass ihr sowieso nur Anfeindungen, Misstrauen und Hohn entgegenschlugen, anstatt echter Kooperation. Natürlich verstand sie, dass die Familien der ermordeten Mädchen verzweifelt waren, sich fragten, warum um Himmels willen der Täter noch immer frei da draußen herumlief, doch was konnte sie anderes tun, als ihren Job zu machen?

Sie seufzte. Das Schlimme an der Sache war, dass auch sie selbst langsam anfing, an sich zu zweifeln. Wie konnte es sein, dass ein einziger Mann sie alle an der Nase herumführte? Wie viele Mädchen mussten noch sterben, bis sie dieses Monster endlich stoppten?

Und dann war da noch die Sache mit Manfred. Es war ein Schock gewesen, als dieser Bär von einem Mann plötzlich zusammenbrach, sich nicht mehr rührte, aussah, als wäre er tot. Die Erleichterung, als er Sekunden später zu sich gekommen war, ihn später gesund und munter im Krankenhausbett zu sehen, hatte nicht lange angehalten, als er ihr sagte, dass er die nächste Zeit ausfallen würde. Hinzu kam, dass die Chefetage der Ansicht war, es brauchte einen neuen leitenden Ermittler.

Oswald.

Manja kam nicht umhin, zuzugeben, dass sie ihn nicht ausstehen konnte.

Dieser Mann hatte eine Art an sich, die zum Weglaufen war. Oswald war überheblich, arrogant und ganz offensichtlich ein Gegner von Frauen im Polizeidienst. Wann immer es ihm möglich war, stichelte er gegen sie, machte sie nieder, boykottierte ihre Meinung. Einen Fall wie diesen zu lösen, mit einem Vorgesetzten wie Oswald kam einem Spießrutenlauf gleich. Der einzige Trost für sie war, dass auch ihm von Anfang an dieselben Gefühlsregungen der Angehörigen der Opfer entgegengeschlagen waren, ihm dieses Mal auch seine miesen Charaktereigenschaften nicht weiterhalfen. Als sie vorhin gemeinsam bei Sarahs Eltern waren, musste auch er sich gegenüber Torsten Gärtner für die bisherige Ergebnislosigkeit der Ermittlung verantworten und hatte zum ersten Mal, seit Manja ihn kannte, tatsächlich seinen Mund gehalten, als der Vater des Mädchens ihn voller Trauer und hilflosem Zorn angebrüllt hatte.

Zwar war bisher nicht zu hundert Prozent sicher, dass es sich bei der zuletzt gefundenen Leiche um Sarah handelte, doch da sie alle eins und eins zusammenzählen konnten, war der endgültige Beweis – der Zahnabgleich – nur noch eine reine Formsache.

Auch das Gespräch mit Annas Eltern, dem Mädchen, das nach wie vor vermisst wurde, war sowohl ihr als auch Oswald an die Substanz gegangen. Anna Lindners Mutter lag mittlerweile im Krankenhaus, weil sie einen Zusammenbruch erlitten hatte, der ihr aufs Herz geschlagen war. Inzwischen litt die

45-Jährige an Herzrhythmusstörungen, was, wie der Ehemann ihnen erklärt hatte, darin begründet lag, dass Annas älterer Bruder keine zwei Jahre zuvor bei einem Verkehrsunfall verunglückt war, Anna seither das einzige Kind des Ehepaars war. Für Manja eine Information, die den Druck noch stärker machte, sie inzwischen keinen Schlaf mehr finden ließ.

Bei der Erinnerung an die zerbrechlich wirkende Frau in dem viel zu großen Krankenhausbett wurde ihr übel. Oswald hatte entgegen der Anweisung der Ärzte darauf bestanden, Annas Mutter zu befragen, weil es den Ermittlungen dienlich sein konnte, und auch Manja hatte letztlich eingesehen, dass es notwendig war, ein Gespräch mit der Mutter des vermissten Mädchens zu führen. Als die Frau während der Befragung einen Herzanfall bekommen hatte, war um sie herum das Chaos ausgebrochen. Der Ehemann, Uwe Lindner, war daraufhin auf Oswald losgegangen, was sich schlussendlich bis zur Chefetage herumgesprochen hatte.

Jetzt hatten sie beide die Anweisung, in Bezug auf die weiteren Untersuchungen zum Verschwinden des Mädchens behutsam vorzugehen, Kathrin Lindner außen vor zu lassen und mit den Medien zusammenzuarbeiten.

Manja stöhnte leise, während sie auf den Bildschirm vor sich blickte. Pressemitteilungen zu verfassen, war bislang Manfreds Aufgabe gewesen und die Tatsache, dass Oswald mittlerweile bereits zum dritten Mal nachgefragt hatte, wann sie denn endlich fertig sei, vereinfachte ihr das Schreiben nicht gerade. Die Kunst, einen solchen Bericht zu erstellen, bestand darin, nur so viel der aktuellen Erkenntnisse preiszugeben, dass die Medien besänftigt waren, die Bevölkerung zur Vorsicht animiert und trotz allem die Ermittlungen nicht durch ein Zuviel an Input gefährdet wurden.

Ablenkungen wie Anrufe von anderen Dienststellen, Teambesprechungen und Zeitdruck hinderten Manja in ihrer Konzentration. Für einen Moment hatte sie sogar erwogen, Manfred hinzuzuziehen, ihn im Krankenhaus anzurufen und zu bitten, seine Erfahrungswerte in den Text einfließen zu lassen, doch dann war ihr eingefallen, dass für den Abend ein Interview mit einem öffentlich rechtlichen Fernsehsender anberaumt war, bei dem sie auch ohne die Hilfe ihres Kollegen zurechtkommen musste.

Sie wollte sich gerade wieder ihrer Arbeit zuwenden, als es an der Tür klopfte. Jana Römer aus der Recherche kam mit einem dicken Packen Papier ins Zimmer, ließ sich auf den freien Stuhl vor Manjas Schreibtisch fallen.

»Haben wir eine nicht registrierte Waffe im Haus?«, flachste sie. »Dann könnte ich das Arschloch erschießen.« Sie grinste, dann wurde sie schlagartig ernst.

Manja nickte verständnisvoll. »Ich wünschte auch, Manfred wäre hier. Oswald ist nicht auszuhalten.«

Sie deutete auf den Stapel Papier in Janas Händen. »Hast du was für mich?«

Seufzen.

»Ich mache seit Tagen nichts anderes, als die ganzen Inlands- und Auslandsfälle, die irgendwas mit unseren Ermittlungen zu tun haben könnten, nach dem Ausschlussverfahren abzuarbeiten. Und was macht der Trottel?« Jana wischte sich wütend eine Strähne ihres knallroten Haars aus dem Gesicht. »Er steht alle paar Minuten beim Rauchen auf der Terrasse oder schüttet einen Kaffee nach dem anderen in sich rein.«

»Ich will den Mann nicht in Schutz nehmen, du weißt, dass ich ihn nicht ausstehen kann, aber der Druck des Falls kann einem schon an die Nieren gehen.« Sie verzog das Gesicht. »Guck Manfred an. Ihm ist das Ganze dermaßen auf die Galle geschlagen, dass er beinahe selbst draufgegangen wäre.«

Jana wirkte ein Stück weit besänftigt, reichte Manja den Stapel. »Im Grunde hab ich nichts gefunden. Zwei Fälle waren dabei, wo man nachhaken könnte. Die hab ich markiert, damit du sie leichter findest.«

Als Manja wieder allein im Zimmer war, blätterte sie sich durch die Akten.

Eine der Akten enthielt das Verschwinden eines deutschen Mädchens in der Nähe von Manchester, bei dem sich mittlerweile herausgestellt hatte, dass dieser Fall mit dem vermeintlichen Unfall eines einheimischen Mädchens zusammenhing. Als Täter waren zwei Mitglieder der Familie verhaftet, bei dem die Deutsche während ihres Schüleraustausches untergebracht war. Manja las sich in die Ermittlungsakte ein und legte sie eine gute viertel Stunde später wieder weg. Die zweite Akte handelte von den Morden in Bayern und Franken vor einigen Jahren, bei der ein Mann junge Mädchen tötete, weil sie ihn an seine vermisste Schwester erinnerten.

Bei beiden Fällen gab es keinerlei Hinweise darauf, dass ihr gesuchter Täter involviert sein könnte. Auch die anderen Auslandsfälle hatten sich als nichtig für ihre Ermittlung erwiesen. Sie konnten es drehen und wenden wie sie wollten – sie hatten nichts in der Hand. Auch die Befragungen in Bezug auf die Krankenhaussache waren in jeglicher Hinsicht erfolglos verlaufen. Zwar hatte sich letztendlich herausgestellt, dass außer Uta auch Andrea Monate vor ihrem Tod Kontakt zu einer Klinik hatte, jedoch nicht als Patientin, sondern im Rahmen eines Schulpraktikums. Und selbstverständlich war daraufhin das Bestandspersonal beider Kliniken überprüft worden, allerdings ebenfalls ohne Ergebnis auf einen Zusammenhang.

Manja warf den Aktenstapel wütend auf den Haufen neben ihrem Schreibtisch. Dann vertiefte sie sich wieder in die Pressemitteilung. Sie hatte es gerade geschafft, zwei vernünftige Absätze zu schreiben, als das Telefon zu klingeln begann.

Der Blick aufs Display ließ ihr Herz schneller schlagen.

Die Stimme der Pathologin am anderen Ende der Leitung klang emotionslos und geschäftig, was Manja falsch vorkam. Dann aber sagte sie sich, dass es wohl besser war, Mordfälle wie die der Mädchen mit einer gewissen Distanz zu betrachten.

»Der Zahnabgleich war positiv«, kam Dr. Lohmann unmittelbar auf den Punkt. »Es handelt sich bei der Toten um Sarah Gärtner. Womit ich mit meinen Arbeiten auch schon am Ende angelangt bin. Wenn Sie auch so weit wären, könnte ich den Leichnam für die Familie freigeben, die dann alles Weitere organisieren kann.«

Manja schluckte. »Dann kann ich davon ausgehen, dass keine Spuren gefunden wurden, die uns weiterbringen könnten? Nichts Neues in Bezug auf die Umstände des Mordes?«

Stille am anderen Ende der Leitung.

Dann ein betretenes Räuspern, das Manja seltsam guttat.

»Tut mir wirklich leid«, erklärte Dr. Lohmann, »doch alles Weitere liegt jetzt in Ihren Händen.«

Kapitel 14

Mai 2017
Augsburg

Sandro sah Doro verkniffen an, als sie auf die Haustür von Ingeborg Lossmann zuliefen.

»Die Frau wird begeistert sein, dass wir sie um diese Zeit aus dem Bett klingeln«, meinte er.

Doro hob die Schultern.

»Sie wird es überleben.«

Nachdem sie geklingelt hatte, legte sie sich in Gedanken zurecht, was sie zu der Frau sagen würde, um ihr den Wind aus den Segeln zu nehmen, falls sie sich wieder sträuben sollte, mit ihnen zusammenzuarbeiten.

Es dauerte eine kleine Ewigkeit, bis die Frau aufmachte. Doro bemerkte, dass Ingeborg Lossmann noch zerbrechlicher wirkte, und schluckte gegen das schlechte Gewissen an, das sich plötzlich bemerkbar machte. Die Augen der Frau lagen in tiefen Höhlen, ihr Gesicht war fahl und eingefallen, hinzu kam, dass sie noch etliche Kilos verloren zu haben schien. Selbst durch den viel zu großen Morgenmantel konnte man ihren knochigen Körper erahnen, fragte sich automatisch, wie es diese klapperdürre Frau schaffte, sich überhaupt noch auf den Beinen zu halten.

Doro lächelte freundlich. »Wir wollen Sie nicht lange aufhalten, Frau Lossmann. Es geht um Ihren Sohn, Thomas. Wären Sie so nett, uns einige Fragen zu beantworten?«

Nach einem Blick zu Sandro, der leicht nickte, trat Ingeborg Lossmann zur Seite und ließ beide eintreten.

Als sie in der Wohnküche saßen, fragte die Frau, ob sie ihnen einen Kaffee anbieten könne, doch Doro lehnte ab.

»Wir haben nicht viel Zeit«, erklärte sie. »Wir wollen nur einige Dinge mit Ihnen klären.« Sie holte tief Luft, sah die Frau an.

»Wir haben herausgefunden, dass Thomas in Dresden studiert hat.« Sie ließ den Satz einen Moment wirken, doch nachdem Ingeborg Lossmann nicht darauf reagierte, bohrte Doro tiefer.

»Hatte es einen bestimmten Grund, dass er in Dresden studiert hat? Ich frage mich deswegen, weil es in München eine ausgezeichnete Universität gibt und in Heidelberg ebenfalls. Warum wollte Ihr Sohn in Dresden studieren?«

Die Frau sah Doro mit emporgezogenen Brauen an.

»Was hat das Studium meines Jungen mit dem Verschwinden meines Enkelkindes zu tun?«

Doro ging auf die Frage gar nicht ein, gab Sandro unter dem Tisch mit der Hand ein Zeichen, ihr beizustehen.

»Bitte, beantworten Sie einfach nur die Frage meiner Kollegin.«

Ingeborg Lossmann seufzte theatralisch. Dann nickte sie ergeben. »Mein Exmann und ich stammen aus der ehemaligen DDR. Wolfgang war ebenfalls Arzt, genau wie Thomas. Aber er war auch noch etwas anderes – ein Tyrann, wie er im Buche steht. All die Jahre unserer Ehe hat er mich unterdrückt, mir das Leben zur Hölle gemacht. Deswegen habe ich nach einem Trauerfall-Besuch bei meiner Schwester, die zu diesem Zeitpunkt hier in Augsburg lebte, spontan beschlossen, da zu bleiben und meine Ehe zu beenden. Mir war klar, dass Wolfgang niemals seine Zelte in Dresden abbrechen würde, er niemals nach Westdeutschland gehen würde. Damals war mein Junge zwölf Jahre alt. Natürlich habe ich mich die ganze Zeit über gefragt, ob es richtig war, ihn bei Wolfgang zu lassen, doch zu unserem Sohn war mein Exmann immer liebevoll und aufopfernd gewesen, seine Attacken galten einzig mir, seiner Ehefrau.« Ingeborg Lossmann schnappte nach Luft. »Das alles war eine Bauchentscheidung von mir, die ich eine Nacht vor meiner eigentlichen Rückreise nach Dresden getroffen habe.« Sie sah Doro an. »Ich dachte, dass Thomas, der seinen Vater über alles liebte und alt genug war, um zu begreifen, was eine Trennung über Grenzen hinweg bedeutet hätte, glücklich wäre, dass er dort bleiben durfte.«

Doro sah die Frau fragend an. »Und das war er nicht?«

Kopfschütteln.

»Thomas veränderte sich. Er antwortete auf keinen meiner Briefe, reagierte nicht auf Anrufe von mir. Und mein wütender Exmann setzte noch einen drauf, indem er unseren Jungen beeinflusste, ihm Dinge über mich erzählte, die ...« Sie winkte ab. »Vier Jahre später fiel die Mauer, die Grenzen gehörten der Vergangenheit an, trotzdem sah und hörte ich noch immer nichts von meinem Sohn. Erst als mein Mann starb, kam Thomas zu mir, doch unser Verhältnis wurde nie mehr so wie früher.« Ingeborg Lossmann strich sich nervös einen nicht vorhandenen Fussel vom Morgenmantel. »Mein Exmann hatte seine Praxis durch Stasibeziehungen bekommen, war selbst einer von diesen ... Spitzeln gewesen.« Sie suchte nach Worten. »Nachdem die Grenzen geöffnet wurden, kam es zu Verhaftungen seitens der Polizei. Unter anderem wurde auch Wolfgang zu Befragungen mitgenommen, da es etliche Leute gab, die ihn angeschwärzt hatten. Es stellte sich heraus, dass die Praxis, die er führte, einem Kollegen gehört hatte, den er ins Gefängnis gebracht hatte. Zwar konnten sie Wolfgang keine direkte Straftat und Menschenrechtsverletzung nachweisen, seine Praxis jedoch wurde nach dem Prozess wieder dem eigentlichen Besitzer übergeben. Das war auch der Grund, weshalb Wolfgang zu saufen anfing, sich schließlich umbrachte, was Thomas nach all der Zeit wieder zu mir zurückbrachte.«

»Was passierte dann?«, fragte Doro und achtete darauf, ihre Stimme sanft und mitfühlend klingen zu lassen, obwohl es in ihrem Innern anders aussah.

Ingeborg Lossmann hob die Schultern. »Thomas war kalt zu mir, behandelte mich, wie ich es verdiente, nachdem ich ihn damals verlassen hatte.« Sie seufzte. »Er machte hier in Augsburg seine Hochschulreife, absolvierte anschließend ein medizinisches Praktikum und bewarb sich dann nach langem Überlegen schließlich an der Universität in Dresden.« Ingeborg Lossmann schluckte.

»Bevor er ging, sprachen wir uns aus, ich erklärte ihm, weshalb ich damals gegangen bin, und hatte den Eindruck, dass er mir verziehen hatte, doch als ich ihn fragte, ob er nach seinem Studium hierher zurückkehren würde, sagte er nur, dass er es nicht wisse.«

Doro nickte verständnisvoll. »Dann blieb er nach seinem Studium also noch in Dresden?«

»Nein«, erklärte Ingeborg Lossmann. »Nach seinem Studium machte er zunächst eine Facharztausbildung zum Gefäßchirurgen, dann war er für zwei Jahre in Südafrika und Asien. Er arbeitete dort in Krankenhäusern, bekam anschließend sogar den Oberarzt-Posten in Kapstadt angeboten.« Die Frau sah Doro stolz an. »Doch Thomas lehnte ab, entschied sich, nach Deutschland zurückzukommen, sehnte sich nach einer Familie. In Dresden arbeitete er wieder an der Uniklinik, lernte eine nette Kollegin kennen, beide wollten sogar heiraten.« Sie verzog das Gesicht. »Doch dann verließ sie ihn und Thomas stand wieder allein da. Das war der Grund, weshalb er doch wieder zu mir zurückkam und alles seinen Lauf nahm. Meine Schwester war kurz zuvor gestorben, hinterließ mir ihr Vermögen, mit dem es mir möglich war, meinen Sohn finanziell zu unterstützen. Er eröffnete hier eine Praxis für Chirurgie, übernahm Belegbetten in zwei Krankenhäusern, führte ein mit Arbeit ausgefülltes Leben, bis er … diese Frau traf … Theodora.«

Ingeborg Lossmann blitzte Doro wütend an. »Reicht das jetzt? Oder wollen Sie noch mehr über unsere Familiengeschichte hören, anstatt nach meiner Enkelin zu suchen?«

Doro hob beschwichtigend die Arme. »Nur noch eine Frage: Hatte Ihr Sohn nach seiner Rückkehr nach Augsburg noch Kontakte in Dresden? Ich meine damit – hatte Ihr Sohn noch berufliche Verpflichtungen im Osten?«

Ingeborg Lossmann stieß die Luft aus. »Soviel ich weiß, half er seinem damaligen Freund und Mentor hin und wieder bei verzwickten Fällen, assistierte bei schweren Operationen, später operierte er sogar selbst hin und wieder da drüben. Außerdem wurde er regelmäßig an Wochenenden zu Vorträgen eingeladen, was ihm ein beträchtliches Zusatzeinkommen bescherte.«

»Sie meinen also, Ihr Sohn hatte in Dresden einen zweiten Job?«

Die Frau nickte mürrisch. »Wie ich bereits sagte. Thomas hätte alles für seine Familie getan, wollte ihnen nur das Beste ermöglichen.«

Wieder am Wagen sah Doro ihren Kollegen an. »Da haben wir unseren Anhaltspunkt. Thomas Lossmann war regelmäßig in Dresden unterwegs. Und in Dresden treibt seit Langem ein Mädchenmörder sein Unwesen.« Sie hob die Schultern, verzog triumphierend das Gesicht. »Verstehst du es jetzt? Vielleicht gibt es einen Zusammenhang zwischen Lossmann und den Morden …«

»Was hast du jetzt vor?«, wollte Sandro wissen. Er wirkte alles andere als überzeugt.

Doro ignorierte seinen genervten Tonfall.

»Wenn jemand noch etwas über Dresden weiß – dann Valerie Otto.« Sie blickte auf ihre Armbanduhr. »Fährst du mit oder soll ich dich am Präsidium rauslassen?«

Sandro sah plötzlich wütend aus, dann stieß er seinen Fuß resigniert gegen den Vorderreifen. »Ich fahre.«

Auf dem Weg zu den Ottos´ schwiegen sie. Erst als sie vor der Einfahrt der Familie hielten und den dort stehenden Volvo blockierten, sah Sandro sie fragend an. »Was erhoffst du dir eigentlich? Doro, ehrlich, ich will einfach nur verstehen, was in deinem Kopf vorgeht.«

Sie nickte, dann grinste sie. »Sobald ich mit Valerie gesprochen habe, sage ich dir, was ich denke.«

Sandro schien sich damit zufriedenzugeben, denn er sagte keinen Ton, als sie gemeinsam auf den Eingang zugingen. Valerie musste sie bereits gehört haben, denn sie öffnete die Tür, noch bevor sie Gelegenheit hatten, zu klingeln. »Die Kinder sind krank und schlafen noch«, erklärte sie und stellte sich mit dem Rücken vor den Türspalt, um zu demonstrieren, dass sie gar nicht daran dachte, ihren ungebetenen Besuch hereinzubitten.

»Was wissen Sie über Dresden?«, kam Doro daher sofort auf den Punkt.

Valerie sah sie verwirrt an. »Dresden? Das ist eine Stadt in …«

»Ich weiß, wo Dresden ist, verdammt!«, herrschte Doro sie an. »Ich meinte, was wissen Sie über die Lossmanns in Bezug auf Dresden?«

Valerie stieß die Luft aus. »Thomas war dort ab und an beruflich unterwegs«, sagte sie schließlich. »Wegen irgendwelcher medizinischer Vorträge.«

»Und Theodora?«, bohrte Doro weiter. »Ist es denn nicht so, dass sie dachte, ihr Mann hätte eine Affäre in Dresden und gäbe nur vor, dort beruflich zu tun zu haben?«

Valerie sah irritiert zu Sandro. Dann wandte sie sich wieder Doro zu. »Anfangs nicht. Sie fand es nervig, dass ihr Mann jedes dritte, manchmal sogar jedes zweite Wochenende nicht zu Hause war, doch nachdem er ihr verriet, dass er all das tat, damit sie sich bald ein Ferienhaus am Meer leisten konnten, war sie besänftigt.«

»Wie kam es, dass sie misstrauisch wurde?«

»Das hab ich Ihnen und Ihren Kollegen doch alles schon hundertmal erzählt.«

Doro ballte ihre Hände zu Fäusten und konzentrierte sich auf ihre Atmung, um nicht die Beherrschung zu verlieren. Dann lächelte sie die Frau übertrieben höflich an.

»Dann bitte ich Sie hiermit, über Ihren Schatten zu springen und es uns noch einmal zu erklären.«

Valerie wurde blass.

»Ich weiß es schlicht und ergreifend nicht«, sagte sie schließlich. »Es gab keinerlei Anzeichen, dass etwas in der Ehe der beiden nicht stimmte. Beide wirkten glücklich und zufrieden, liebten ihre Tochter hingebungsvoll, führten ein Traumleben. Umso geschockter war ich, als sie eines Abends vor meiner Tür stand und mir Mathilda aufs Auge drückte. Zuerst wollte sie gar nicht sagen, was passiert war, dann rückte sie doch noch mit der Sprache raus. Sie hatte in der Tasche seines Jacketts etwas gefunden, das ihr Misstrauen erregte. Was genau das war, weiß ich nicht, aber so traurig und verletzt habe ich meine Freundin zuvor noch nie gesehen. Deswegen habe ich mich auch bereit erklärt, für zwei Tage auf das kleine Mädchen aufzupassen, damit sie nach Dresden fahren kann.«

»Warum haben Sie uns das mit Dresden nicht gleich erzählt?«

Valerie runzelte die Stirn. »Aber das hab ich doch! Ihren Kollegen, die mich nach dem Mord an Thomas befragt haben. Denen habe ich gesagt, dass Theodora ihrem Mann hinterherspioniert hat und deswegen nach Dresden gefahren ist, weil sie vermutete, dass hinter den angeblichen Vorträgen eine andere Frau steckte.«

»Diesmal fahre ich«, sagte Doro und streckte Sandro die Hand entgegen. »Den Schlüssel!«

Ihr Kollege zögerte einen Moment, dann schüttelte er den Kopf, gab ihr den Wagenschlüssel. »Aber bitte, Doro, fahr vorsichtig.«

Sie verzog das Gesicht, funkelte ihren Kollegen an. »Was hast du denn für ein Scheißproblem, sag mal? Ich hab noch nie einen Unfall gebaut.«

Sandro grinste, um der Situation die Schärfe zu nehmen. »Das hab ich auch nicht behauptet. Aber wenn du in Gedanken versunken oder wütend bist, fährst du – um es milde auszudrücken – wie eine gesengte Sau.«

Doro stieß die Luft aus und ließ sich hinter das Lenkrad fallen. »Ich gebe mir Mühe, deinen Ansprüchen zu genügen, okay?«

Sie fuhr los, ließ in Gedanken die Gespräche mit Ingeborg Lossmann und Valerie Otto noch mal Revue passieren, daher kam es ihr gerade recht, dass Sandro die Rückfahrt zum Präsidium für ein Nickerchen nutzte. Als sie auf den Parkplatz einbog, spürte sie den Blick ihres Kollegen auf sich, warf ihm einen kurzen Seitenblick zu. Er wirkte trotz seines Schläfchens gerade eben sehr wach und hoch konzentriert, beinahe schien es Doro, als versuchte er, in ihrer Körperhaltung zu lesen, was sie als Nächstes vorhatte.

»Du hast versprochen, nach dem Gespräch mit der Otto zu erklären, was los ist.«

Sie nickte. »Versprichst du, dass du mich erstens ausreden lässt und zweitens wenigstens versuchst, das alles mal aus einem anderen Blickwinkel zu betrachten?«

Sandro schnallte sich ab, drehte sich zu ihr.

»Schieß doch einfach los!«

Doro holte tief Luft. »Da ist auf der einen Seite eine Mordserie in Dresden, die bis heute ungelöst ist. Die Opfer sind junge

Frauen, Mädchen, die wunderschön sind, blond, schlank, beinahe zerbrechlich aussehen. Hast du das Foto von Ingeborg Lossmann auf dem Regal oberhalb der Eckbank in der Küche gesehen? Auf dem Bild hat sie ihren Sohn auf dem Arm – ich schätze, dass sie damals gerade Anfang zwanzig war. Damals war auch sie hellblond und zierlich, keine Frage, dass sie als Teenager eine gewisse Ähnlichkeit mit all diesen Mädchen gehabt haben muss, die in Dresden ermordet wurden. Es handelt sich um denselben Typ Frau, verstehst du?«

Sandro schüttelte verständnislos den Kopf. »Ehrlich gesagt nicht, also komm auf den Punkt!«

Doro schluckte angestrengt.

»Thomas Lossmann stammt aus Dresden, hat dort studiert und nach seinem Studium auch weiterhin beruflichen Kontakt gehalten. Er war immer wieder wegen Operationen in Dresden, an Wochenenden wegen diverser Vorträge.« Doro schnappte aufgeregt nach Luft. »Jetzt kommt die Ehefrau ins Spiel. Sie hat etwas gefunden, das auf eine Affäre hindeutete. Vielleicht ein Foto oder etwas Intimeres. Sie ist deswegen zu Valerie gefahren, hat ihr das Kind anvertraut, gesagt, dass sie nach Dresden fahre, weil sie wissen wolle, ob an ihrer Vermutung etwas dran sei.« Doro fixierte ihren Kollegen. »Begreifst du jetzt, worauf ich hinauswill? Thomas Lossmann war intelligent, gut aussehend, reich und berühmt. Ein Frauenschwarm, wie er im Buche steht. Er hatte sicher keine großen Schwierigkeiten, all diese Mädchen dazu zu bringen, ihm wenigstens zuzuhören. Anschließend könnte er sie überwältigt und entführt, schließlich sogar umgebracht haben, weil sie ihn an seine Mutter erinnerten, die ihn damals einfach zurückließ. In diesem Fall wäre es doch möglich, dass Theodora herausfand, was ihr Mann anstelle einer Affäre wirklich in Dresden getrieben hat.«

Sandro stieß ein belustigtes Grunzen aus.

»Und dann ist sie seelenruhig zurück nach Augsburg gefahren, hat auf ihren angeblich irren Alten gewartet, ihn getötet und sich dann mit dem Kind vom Acker gemacht?« Er lachte. »Warum sollte sie das tun? Wenn Thomas Lossmann tatsächlich das Monster war, für das du ihn hältst, dann hätte sie, nachdem sie ihren Mann quasi überführte, ihn zu Hause mit seinen Taten konfrontierte, unter Notwehr gehandelt. Ihr wäre rechtlich gesehen nichts passiert, wenn sie hätte beweisen können, dass durch ihre Entdeckung ihr Leben in Gefahr war. Außerdem hätte sie auch einfach die Polizei rufen können.« Er brach ab, holte Luft, suchte nach Worten. »Oder warte, vielleicht denkst du ja auch, dass Thomas Lossmann seine Frau und das Kind ermordet und sich dann in einem Anflug von Reue selbst getötet hat? Und damit er uns noch ein bisschen an der Nase herumführen kann, hat er vor seinem Tod noch dafür gesorgt, dass die Fingerabdrücke seiner Frau auf der Tatwaffe sind.« Sandro sah Doro an, als wäre sie komplett durchgeknallt. »Das alles ergibt überhaupt keinen Sinn, Herrgott noch mal!«

Sie seufzte, spürte, wie sie langsam die Geduld verlor. »Dass seine Frau ihn tötete, glaube ich auch nicht, denn sie hätte angesichts ihrer Entdeckung keinen Grund gehabt, abzuhauen. Es ist natürlich so, wie du bereits sagtest – ihr wäre nichts geschehen. Ganz anders sieht die Sachlage aus, wenn Thomas Lossmann all diese Mädchen nicht allein getötet hat. Es könnte also einen zweiten Täter geben, der – nachdem Theodora Lossmann hinter die Aktivitäten ihres Mannes kam – dafür sorgte, dass niemand auf ihn als Mittäter kommt. Vielleicht täusche ich mich aber auch komplett und Lossmann hat nichts mit all dem zu tun. Vielleicht geriet er nur zufällig ins Visier des Killers, weil er ihn kannte, ihn durchschaute und dieser Lossmann samt seiner Frau aus dem Weg schaffen musste, um sein Geheimnis zu schützen. Egal, was genau passiert ist – mittlerweile denke ich, dass Theodora Lossmann ebenfalls tot ist. Und die kleine Mathilda vielleicht auch.«

Sandros Ader an der Schläfe schwoll an, als er Doros Blick erwiderte. Dann schüttelte er langsam den Kopf, öffnete die Wagentür und stieg aus. Doro tat es ihm gleich, starrte ihren Kollegen über das Autodach hinweg an. »Du kannst doch nicht so begriffsstutzig sein, Mensch! Bei all diesen Theorien passt einfach alles zusammen. Wir müssen nur noch …«

»Halt deinen verdammten Mund!«, unterbrach Sandro sie barsch.

Sein Gesichtsausdruck veränderte sich. Dann zog er sein Smartphone aus der Tasche und seufzte. »Ich beende hiermit dieses von Anfang an zum Scheitern verurteilte Experiment«, erklärte er mit kurzem Blick zu Doro, dann tippte er eine Nummer ein, hielt sich das Gerät ans Ohr. »Soll sich dein toller Psychofreund doch mit diesem Blödsinn auseinandersetzen.«

Zorn schlug über Doro zusammen. Erst dann wurde ihr bewusst, dass sie Sandros letzte Worte nicht verstand. »Was meinst du mit Experiment?«, fragte sie und spürte, wie ihr eiskalt wurde.

»Wirst du gleich merken«, sagte Sandro ruhig und beachtete sie gar nicht mehr.

Als am anderen Ende der Leitung jemand dranzugehen schien, drehte er Doro den Rücken zu und murmelte etwas, das sie nicht verstehen konnte.

Plötzlich begriff sie. Er verständigte den Boss, beschwerte sich über sie, weil er sowohl ihr Vorgehen in Bezug auf diese Ermittlung als auch ihre Erkenntnis der Zusammenhänge für schwachsinnig hielt. Er wollte, dass die Chefetage ihr den Fall entzog. In ihrem Kopf drehte sich alles. Dann wusste sie auf einmal, was genau zu tun war. Auf gar keinen Fall durfte sie sich jetzt die Zügel aus der Hand nehmen lassen, dann wäre die kleine Mathilda verloren – sofern sie überhaupt noch am Leben war. Sie setzte sich wieder hinters Lenkrad, verriegelte die Türen, startete den Wagen. Sandro, der noch immer telefonierte, wirbelte zu ihr herum, starrte sie fassungslos an. Nach einem letzten Blick zu ihrem Kollegen fuhr sie mit quietschenden Reifen vom Hof.

Kapitel 15

Mai 2017
Dresden

Ein Bungalow inmitten unzähliger Obstbäume. Er ist in hellem Gelb gestrichen, die Fenster mit grüner Farbe umrandet. Alles hier wirkt, als wäre es von Kinderhänden bemalt worden, und auch die dicken Seile an den Bäumen, an denen Holzbretter zum Schaukeln befestigt wurden, zeugen davon, dass das hier ein Tummelplatz für Kleinkinder ist.

Sie dreht sich um, geht auf das Häuschen zu und mit jedem Schritt hämmert ihr Herz heftiger gegen die Rippen. Als sie nach der Klinke greift, sie hinunterdrückt, schluckt sie gegen die Trockenheit in ihrem Hals an und noch gegen etwas anderes.

Ihr wird klar, dass sie ein schlechtes Gewissen hat, weil da dieses Mädchen ist, das ihre Hilfe braucht, sie aber noch immer nicht gekommen ist, um es zu retten. Doch vielleicht ist es längst zu spät? Der Gedanke bohrt sich wie ein Messer in ihre Eingeweide, hinterlässt einen Schmerz, der ihr den Atem nimmt. Sie drückt die Klinke hinunter, tritt über die Türschwelle, blickt in ein Paar sanfte Kulleraugen. Der Mund des Mädchens zittert, als sie näher kommt. Schnell streckt sie die Hand aus, will das Kind an sich ziehen, ihm sagen, dass alles gut werde, doch je näher sie kommt, umso größer wird die Distanz zwischen ihr und dem Kind. Verwirrt schüttelt sie den Kopf, läuft schneller, doch ihre Beine gehorchen ihr nicht mehr. Plötzlich reißt das kleine Mädchen den Mund auf und stößt einen markerschütternden Schrei aus. Danach herrscht sekundenlang gespenstige Stille, nur ein kaum wahrnehmbares Wimmern erfüllt den winzigen Raum. Das weinende Mädchen sieht sie anklagend an. »Du bist zu spät gekommen, hörst du? Hast mich einfach sterben lassen!«

Ein Hupen ließ Doro aus dem Schlaf hochschrecken. Verwirrt starrte sie auf ihre Armbanduhr, stöhnte leise. Sie hatte über eine Stunde geschlafen, dabei wollte sie in spätestens vierzig Minuten in Dresden sein. Das konnte sie jetzt vergessen. In Gedanken verfluchte sie die Tabletten von Mark, die ihr vorhin, kurz vor Zwickau die Füße weggezogen hatten. So sehr sie sich auch angestrengt hatte, es war ihr nicht mehr möglich gewesen, die Augen offen zu halten und weiterzufahren, deswegen hatte sie beschlossen, wenigstens zwanzig Minuten Pause zu machen. Sie hatte sich einen starken Kaffee besorgt, eine Thüringer Bratwurst gekauft und sich eigentlich wieder fit gefühlt. Doch dann hatte sie den Fehler gemacht, für einen Augenblick die Augen zu schließen.

Sie atmete tief durch, startete den Wagen. Als sie aus der Ausfahrt des Rastplatzes fuhr, spürte sie ein Flattern in der Magengegend. Als sie das letzte Mal eine Ermittlung im Alleingang vorantreiben wollte, hatte ihr das beinahe ein Disziplinarverfahren eingebracht. Ihr damaliger Partner hatte ihr dann aus der Patsche geholfen und so war am Ende nur eine Standpauke vom Chef draus geworden, mit der sie hatte leben können. Doch was sie jetzt, nach ihrer Kurzschlusshandlung von heute Morgen erwartete, darüber wollte sie lieber nicht nachdenken. Ihre einzige Chance war es, so schnell wie möglich mit den Dresdner Kollegen Licht ins Dunkel um den Fall Lossmann und einen möglichen Zusammenhang mit den Mädchenmorden zu bringen. Vielleicht war es so möglich, eine Spur zur Mutter und dem kleinen Mädchen zu finden.

Knappe zwei Stunden später fuhr Doro auf den Parkplatz des Dresdner Polizeipräsidiums, stellte den Wagen ab, machte sich auf den Weg zum Eingang. Zwar war sie auf dem Weg hierher ein Stück weit durch die Innenstadt gefahren, trotzdem hatte sie kaum etwas vom quirligen Flair einer Weltstadt wahrgenommen, ging stattdessen in Gedanken wieder und wieder das Gespräch mit den Kollegen durch.

Beim Pförtner musste sie nur ihre Dienstmarke zeigen und wurde gleich durchgewunken, sodass sie schon wenig später im Aufzug auf dem Weg nach oben war. Dort wurde sie von einer Kollegin Ende zwanzig mit strenger Pferdeschwanzfrisur erwartet, die sie neugierig musterte. Das Auffälligste an ihr waren die dunkelblauen Augen, die eine Tiefe vermittelten und direkt in ihr Innerstes zu blicken schienen. Doro fand die Frau auf Anhieb sympathisch, auch wenn sie sich unter deren Musterung etwas unwohl fühlte.

»Ich bin Manja Dressel«, stellte sich die Frau vor und reichte ihr die Hand. »Ich nehme an, dass Sie Doro sind? Sollen wir uns vielleicht duzen?«

Doro nickte perplex, dann lächelte sie. »Woher weißt du …?«

Manja grinste übers ganze Gesicht. »Dein Kollege, Sandro glaube ich, hat in aller Herrgottsfrühe hier angerufen. Er klang alles andere als begeistert und meinte nur, dass er im Laufe des Tages ebenfalls eintrudeln werde.«

Doro verzog das Gesicht. »Ist es bei euch auch wie im Kindergarten? Ich meine, was hat der für ein Problem? Ich bin hier, um ein paar wichtige Details eines Falles abzuklären, von dem ich denke, dass er etwas mit eurer Mordserie zu tun haben könnte. Warum also macht dieser Mensch einen solchen Aufstand?«

Manja hob die Schultern, wirkte plötzlich verunsichert. Doro hatte das Gefühl, als wäre sie mit der Situation überfordert.

»Ist es okay für dich, wenn wir uns kurz zusammensetzen? Dann sage ich dir, was mir in Bezug auf die Morde bei euch und unserem Familiendrama aufgefallen ist. Ich sehe da definitiv einen Zusammenhang. Vielleicht bist du ja anderer Meinung als mein Kollege Sandro, der mich von Anfang an für total durchgeknallt gehalten hat, weil ich eben nicht an eine geisteskranke Ehefrau glaube.«

Manja schluckte, sah betreten zur Seite. Als sie wieder zu Doro sah, wirkte sie unentschlossen, fast hilflos. »Eigentlich habe ich die Anweisung, dich mit irgendeinem Mist abzuspeisen und auf diese Art und Weise festzuhalten, bis dein Kollege hier ist.« Sie seufzte. »Keine Ahnung, was du da drüben angestellt hast, dass deine Kollegen derart … angepisst sind.« Manja hob die Schultern. »Du bist sicher, dass du etwas zu unserer Mordserie beitragen kannst? Hier steht nämlich alles Kopf, weil noch immer ein Mädchen vermisst wird und wir jeden Augenblick damit rechnen, eine weitere Leiche sowie Entführung gemeldet zu bekommen.«

Erst jetzt bemerkte Doro die dunklen Schatten unter den Augen der jungen Kollegin, deren blasse Gesichtsfarbe, das kaum wahrnehmbare Zucken ihres Augenlids, welches sowohl auf völlige Überarbeitung als auch auf enormen Stress hinwies.

»Ich bin mir ziemlich sicher, dass beide Fälle zusammenhängen.«

Manja nickte, dann sah sie sich unschlüssig um. »Was dagegen, wenn wir was essen gehen? Wir könnten uns währenddessen ungestört unterhalten. Und ich muss gestehen, dass ich heute noch nichts in den Magen bekommen habe und merke, dass meine Stimmung langsam umschlägt.«

Doro lächelte erleichtert, denn auch sie verspürte trotz ihres fettigen Frühstücks auf dem Rastplatz schon wieder Hunger. Gemeinsam fuhren sie nach unten, liefen dann zu Manjas Dienstfahrzeug. »Ich schlage vor, dass wir zum Vietnamesen gehen. Der ist keine fünf Autominuten von hier entfernt und man bekommt erstens preisgünstiges gesundes Essen serviert und zweitens immer einen Parkplatz.«

Auf der Fahrt zum Essen schwiegen sie, hingen jeder ihren Gedanken nach. Dort angekommen, stellte sich das Restaurant als Schnellimbiss heraus, ein zur Küche auf Rädern umfunktioniertes Wohnmobil, vor dem ein paar Plastiksitzgruppen zum Verweilen einluden.

Manja grinste, als sie Doros Gesichtsausdruck bemerkte. »Der erste Eindruck trügt«, erklärte sie noch immer schmunzelnd und machte eine auffordernde Handbewegung, sich an den einzigen noch freien und etwas abseits von den anderen stehenden Tisch zu setzen.

»Hier isst man weit besser als in jedem Schickimicki-Lokal der Stadt«, sagte sie. »Außerdem kostet ein Mittagessen hier nur knappe sechs Euro. Ich weiß ja nicht, wie es bei euch da drüben ist, aber hier verdient man sich bei der Polizei keine goldene Nase.«

Doro lachte und setzte sich. »Ist bei uns genauso. Kein Problem. Ich liebe asiatisches Essen und wo ich sitze, ist mir sowieso egal.«

Es gab keine Speisekarte, stattdessen kam die Betreiberin des Imbisses, die gleichzeitig die Köchin war, an ihren Tisch und ratterte ihnen die Tagesgerichte runter.

Doro entschied sich für gedünsteten Lachs mit Gemüse in einer leicht scharfen Soße, ohne Reis.

»Bist du auf Diät?«, wollte Manja wissen, die das komplette Programm mit Vorspeise und Nachtisch geordert hatte.

Doro schüttelte den Kopf. »Ich hatte heute schon eine Bratwurst zum Frühstück und viel zu wenig Schlaf in der letzten Zeit. Ich will nicht, dass mich eine üppige Mahlzeit jetzt voll aus den Latschen haut.«

Als die Getränke serviert wurden, machte Doro sich gierig über ihren Kaffee her, genoss den bitteren Geschmack des viel zu starken Gebräus auf ihrer Zunge.

Schließlich wurde das Essen serviert und Doro ärgerte sich, so zögerlich bestellt zu haben. Alles sah äußerst köstlich, frisch und gesund aus, lud dazu ein, sich den Bauch vollzuschlagen.

Nachdem sie gegessen hatten, lehnte sie sich zurück und begann zu erzählen. Manja hörte die ganze Zeit über gespannt zu, unterbrach sie kein einziges Mal, gab nur hin und wieder ein erstauntes Zischen von sich.

Nachdem Doro ihren Bericht beendet hatte, herrschte einen Moment Schweigen, dann räusperte sich Manja.

»Du bist also gestern Abend in der Dusche umgefallen, weil du ein Mädchen gesehen hast. Und dieses Mädchen war Sarah Gärtner?«

»Ich weiß, dass sich das seltsam anhören muss, aber genauso ist es gewesen. Mein Freund«, Doro unterbrach sich und schluckte, »oder besser gesagt Exfreund, wie es aussieht, ist Psychologe und er hat es mir so erklärt, dass mein Gehirn eine Verbindung zu einem Bild, das ich kürzlich irgendwo gesehen habe, hergestellt hat. Ich habe daraufhin die Datenbanken durchforstet und wurde auf diese Mordserie bei euch aufmerksam.«

Manja sah verwirrt aus. »Du wusstest also bis gestern Abend nichts davon? Wie kann das sein? Die Nachrichten berichten fast täglich darüber.«

Doro schluckte. »Ich habe natürlich davon gehört, doch weil ich mit dem Lossmann-Fall beschäftigt war, habe ich das alles scheinbar nur am Rande mitbekommen.«

Damit schien Manja sich zufriedenzugeben, auch wenn sie nach wie vor eher ungläubig dreinblickte.

»Okay und nachdem du die Bilder der Mädchen gesehen hast, ist dir die Ähnlichkeit mit der Mutter des toten Thomas Lossmann aufgefallen?«

Doro schüttelte den Kopf. »Das ist es nicht allein. Als ich die Ermittlungspunkte eurer Fälle durchging, war da auf einmal dieses vage Gefühl in mir, das mir klarmachte, dass ich abstrakter denken muss, um das Lossmann-Mädchen zu finden und den Mordfall aufzuklären – auch wenn dieser nicht in meinen

Aufgabenbereich fällt. Deswegen bin ich noch mal zum Haus der Familie gefahren, habe dort die Studienbescheinigungen aus Dresden gefunden und so schloss sich der Kreis am Ende. Als Ingeborg Lossmann dann mit der Familiengeschichte rausrückte und Valerie Otto bestätigte, dass Theodora nach Dresden gefahren ist, brauchte ich nur noch eins und eins zusammenzählen.«

Manja verzog das Gesicht. Sie schien einen innerlichen Kampf auszufechten, der etwas damit zu tun haben könnte, ob sie Doro ihre Story abnahm oder nicht. Dann atmete sie tief durch und winkte den Besitzer der Imbissbude heran. Nachdem sie bezahlt hatte, sah sie Doro ernst an. »Ich lehne mich jetzt so weit aus dem Fenster wie noch nie zuvor in meiner Laufbahn als Polizistin.« Sie suchte nach Worten, schüttelte dann ergeben den Kopf. »Doch im Grunde habe ich keine andere Wahl, als dir eine Chance zu geben.«

»Was meinst du?«, wollte Doro wissen.

Manja hob die Schultern und grinste. »Du wirkst entgegen der Aussage deines Kollegen sehr entspannt, überhaupt nicht aggressiv und überdreht. Ehrlich gesagt finde ich dich sogar sehr sympathisch. Hinzu kommt, dass mein Partner ausgefallen ist, mir ein totaler Schwachkopf vor die Nase gesetzt wurde, der nur blöd quatscht und von nichts eine Ahnung hat. Die Presse sitzt mir im Nacken, die Eltern der ermordeten Mädchen verständlicherweise ebenfalls. Und dann ist da noch Anna Lindner, die seit Kurzem vermisst wird. Wenn das, was du vermutest, nur ansatzweise Hand und Fuß hat, könnte das meine erste, richtig heiße Spur sein.«

Doro spürte, wie ihr eine riesige Last von den Schultern fiel. »Und was schlägst du vor?«

Manja grinste und zog ihr Smartphone aus der Tasche. »Ich halte uns jetzt erst mal für die nächste Stunde meinen Vorgesetzten vom Leib und dann würde ich vorschlagen, machen wir uns auf den Weg zur Dresdner Uniklinik. Es ist sehr wahrscheinlich, dass Lossmann dort hin und wieder operiert hat. Und wenn dem so ist, gibt es sicherlich den ein oder anderen Kollegen, der uns etwas über ihn erzählen kann.«

Kapitel 16

Mai 2017
Dresden

Der Anblick des Hauses jagt ihr Angst ein. Eine von Feuchtigkeit durchzogene Fassade, die an einigen Stellen bereits abgebröckelt ist und schmutzig grau aussieht, dunkelbraune Fensterumrandungen, selbst die helle Haustür mit den Kassettenfenstereinsätzen wirkt auf eine Art und Weise abstoßend, die sie sich nicht erklären kann. Doch das Schlimmste an dem Haus ist der verwilderte Garten, von dem es umgeben ist. Unzählige hohe Bäume und ausladende Sträucher, durch die fast kein Licht hindurchgelassen wird. Fast kann sie die Kälte spüren, die selbst im Sommer im Innern des Hauses herrschen muss.

Sie strafft die Schultern, als sie auf das Holztor zugeht, fragt sich, was sie im Innern des Hauses erwarten wird. Langsam steigt sie die Treppen zum Eingang hinauf, will gerade klingeln, als sie innehält. Ihr wird klar, dass das der falsche Weg ist. Ihr Herz klopft, als sie die Stufen wieder hinuntergeht, ums Haus herumläuft, um nachzusehen, ob es eine Hintertür gibt. Und tatsächlich: Hinter einem Rosenstrauch verborgen gibt es einen Kellerabgang, der ins Dunkle führt.

Sie zögert kurz, doch dann wird ihr klar, dass sie in den sauren Apfel beißen muss, um Gewissheit zu bekommen.

Unten angekommen, drückt sie die Klinke der alten Holztür herunter, atmet erleichtert auf, weil diese nicht verschlossen ist. Im Innern des Hauses wird sie von Dunkelheit umfangen. Und von einem merkwürdigen Geruch, der ihr einen kalten Schauer über den Rücken jagt.

Dann hört sie ihn.

Ihr Herz setzt einen Augenblick aus.

Sein Lachen verwirrt und verängstigt sie zugleich.

Warum ist er hier?

Und mit wem spricht er?

Dann hört sie eine Frauenstimme.

Besser gesagt die leise Stimme eines jungen Mädchens.

Ein Stöhnen.

Wut steigt in ihr auf.

Doch dann schlägt das Stöhnen in ein Wimmern um.

Plötzlich herrscht Stille.

Es fühlt sich wie ein Fausthieb an, als ihr bewusst wird, was diese Geräusche bedeuten.

Dass sie der Ursprung dessen sind, was in der Luft liegt.

Angst.

Panik.

Verzweiflung.

Ihr Magen krampft sich zusammen, als ein spitzer Schrei die Stille des Kellers durchbricht.

Dann bricht das Chaos in ihrem Innern aus.

»Doro?« Manjas Stimme drang wie aus weiter Ferne in ihr Bewusstsein vor. Ihr Herz raste, als sie die Augen öffnete und sich umsah. Es dauerte einen Moment, ehe ihr klar wurde, wo sie sich befand und was passiert war.

»Du hast geträumt«, sagte Manja. Ihr Blick war voller Sorge. »Soll ich dich lieber zum Arzt bringen?«

Doro schüttelte den Kopf und brachte den Beifahrersitz in eine aufrechte Position. »Ich hab gestern Abend eine Schlaftablette genommen«, erklärte sie. »Die hängt mir immer noch in den Knochen.« Sie atmete tief durch, sammelte sich. »Daher wahrscheinlich auch diese seltsamen Albträume. Ich sollte wohl in Zukunft die Packungsbeilage lesen, bevor ich so einen Mist schlucke.« Sie grinste entschuldigend. »Hab ich im Schlaf geredet?«

Manja schüttelte den Kopf. »Eher geschnauft wie ein altersschwaches Walross. Und geschrien, als ginge es um dein Leben. Ich bin so erschrocken, dass ich beinahe eine Oma an der Ampel überfahren hätte.« Sie stieß grinsend die Luft aus. »Das Letzte war nur Spaß. Aber du hast mir wirklich einen Mordsschrecken eingejagt.«

Doro seufzte. »Die letzten Tage waren die Hölle für mich. Erst der saublöde Lossmann-Fall, bei dem ich nicht weiterkomme und mein Kollege mich boykottiert, dann die Sache mit Mark …«

»Habt ihr euch getrennt?«

Doro schüttelte den Kopf. »Noch nicht. Aber es wird wohl darauf hinauslaufen.« Sie räusperte sich. »Lass uns lieber über was anderes reden, okay?«

Manja nickte verständnisvoll.

»Bist du sicher, dass du das hier weiter durchziehen willst?«

Doro sah sie verwirrt an.

»Was meinst du?«

»Ich wollte nur sagen, dass ich dich auch irgendwohin bringen kann, wo du dich ausruhen kannst. Oder zum Arzt, falls es dir nicht gut geht. Wir können die Krankenhaussache auch nachher noch angehen.«

Doro schüttelte entschieden den Kopf.

»Mir geht es gut, wirklich.« Sie brach ab, schluckte. Dann sah sie Manja an. »Außerdem muss ich endlich wissen, ob ich mit meiner Vermutung recht habe. Und dazu brauche ich jemanden von hier, der Lossmann kannte.«

Die Uniklinik Dresden war ein imposantes, modernes Gebäude mit viel Glaselementen.

»Hier möchte ich nicht als Fensterputzer arbeiten müssen«, flachste sie, doch Manja schien in Gedanken versunken. Sie gingen durch den großen Eingangsbereich auf die Anmeldung zu und zeigten ihre Dienstmarken. »Wir suchen jemanden, der uns genau sagen kann, wer alles hier tätig ist.«

Die junge Frau hinter der Anmeldetheke sah Doro verunsichert an. »Wen genau suchen Sie denn?«

Doro räusperte sich. »Einen Arzt. Dr. Thomas Lossmann. Er hat eigentlich in Augsburg seine Praxis und Belegbetten, doch hin und wieder hat er in Dresden operiert und ich vermute mal, dass es in dieser Klinik war, weil er hier studiert, sein Assistenzjahr und die Facharztausbildung absolviert hat.«

Die junge Frau lächelte versonnen. »Dr. Lossmann, sagen Sie? Der hat tatsächlich hin und wieder bei Operationen als Berater beigewohnt und Vorträge gehalten. Allerdings ist er heute nicht da und ich weiß auch nicht, wann er wieder hier sein wird. Wenn Sie mögen, lasse ich Dr. Trautheimer ausrufen. Er ist Oberarzt auf der Inneren, mit dem hat Dr. Lossmann eng zusammen gearbeitet.«

Dr. Trautheimer war ein sympathisch aussehender und untersetzter Mann Mitte fünfzig, mit Halbglatze, die er durch seitliches Rüberkämmen zweier graubrauner Strähnen zu verstecken versuchte. *Dabei sähe er mit einer kompletten Glatze weit attraktiver aus,* dachte Doro bei sich. Sie streckte ihm lächelnd ihre Hand entgegen. »Ich bin Dorothea Augustin von der Kripo Augsburg«, stellte sie sich vor. »Und das ist meine Kollegin Manja Dressel aus Dresden. Wir müssen mit Ihnen über Dr. Thomas Lossmann sprechen.« Sie sah den Mann abwartend an. »Ich gehe davon aus, dass der Name Ihnen etwas sagt?«

Der Mann nickte erstaunt. »Thomas und ich haben vor seinem Umzug nach Augsburg zusammengearbeitet. Und auch anschließend habe ich ihn hin und wieder gebeten, bei Operationen beizuwohnen, weil er eine Koryphäe in der Gefäßchirurgie ist. Seine Kenntnisse und Erfolge sind einzigartig.« Er brach ab, fixierte Doros Gesicht.

»Ist Thomas etwas zugestoßen? Oder hat Ihr Besuch bei mir einen anderen Hintergrund?«

Doro überlegte einen Augenblick, entschied sich dann für die halbe Wahrheit. »Ich muss Sie dringend bitten, unser Gespräch absolut vertraulich zu behandeln.«

Dr. Trautheimer war blass geworden. Dann nickte er.

Doro holte tief Luft, suchte nach den richtigen Worten. »Wir ermitteln in einem Mordfall und zwei Vermisstenfällen.«

»Geht es um die Mädchenmorde hier in Dresden?« Doro verneinte.

»Thomas Lossmann wurde ermordet, seine Ehefrau und seine kleine Tochter sind seitdem vermisst.« Sie verzichtete bewusst darauf, ihm zu erzählen, dass sie einen Zusammenhang zwischen den Mädchenmorden und dem Lossmann-Fall vermutete.

Es dauerte einen Moment, bis Trautheimer die Neuigkeit verdaut hatte. Seine Gesichtsfarbe wechselte von Dunkelrot zu Leichenblass, dann fuhr er sich fahrig mit der Hand über die Glatze.

»Das ist jetzt ein Schock für mich«, stammelte er. »Haben Sie was dagegen, wenn wir uns irgendwo hinsetzen? Am besten in mein Büro.«

Doro nickte, sah fragend zu Manja. Die schien auch einverstanden. Gemeinsam fuhren sie mit dem Aufzug in den vierten Stock, gingen den belebten Gang entlang, bis Trautheimer vor einer der Türen stehen blieb und seinen Schlüssel hervorholte. Nachdem sie einander auf einer kleinen Sitzgruppe gegenübersaßen, räusperte sich der Mann.

»Wissen Sie schon, wer es gewesen ist?«, fragte er.

Doro schüttelte den Kopf. »Doch selbst wenn, dürfte ich Ihnen keine näheren Auskünfte geben, weil es sich um eine aktuelle Untersuchung handelt.«

Er nickte, sah plötzlich um Jahre gealtert aus.

»Was wissen Sie über Thomas Lossmanns Ehefrau?«, kam Doro auf den Punkt.

Der Mann schluckte. »Gar nichts, ehrlich gesagt. Thomas und mich verband nur ein rein berufliches Miteinander. Über sein Privatleben sprach er so gut wie nie.«

»Aber er hat drüber gesprochen …«, warf Manja ungeduldig ein.

»Nicht über seine Ehe. Das Einzige, das ich von seinem Leben in Augsburg weiß, ist, dass er ein kleines Mädchen hat.«

»Dann hat er niemals etwas über seine Frau erzählt?«

Kopfschütteln.

»Wie gesagt, so nah standen wir uns nun auch wieder nicht.«

»Und wie sieht es mit Lossmann selbst aus? Was wissen Sie über ihn? Wo wohnte er, wenn er hier in Dresden war? Buchte er sich Hotels? Hatte er hier … eine Affäre?«

Trautheimer riss empört die Augen auf. »Woher soll ich das wissen? Wenn er nicht einmal über seine Ehefrau sprechen wollte, warum sollte er mir von einer Affäre erzählen?«

»Was wissen Sie sonst über ihn? Kennen Sie die Familiengeschichte? Sein Leben vor seiner Ehe?«

»Ich hab natürlich mitbekommen, so wie jeder andere hier im Haus, dass er vor einigen Jahren eine Beziehung mit Dr. Angelika Weidner hatte. Sie waren verlobt, alles sah ganz danach aus, als würde bald eine Hochzeit anstehen. Doch dann …« Er brach ab, rang nach Luft. »Es kam zur Trennung, als Angelika ein Jobangebot in den USA bekam. Damals fiel Thomas in ein tiefes Loch, brach seine Zelte hier in Dresden ab, ging zurück zu seiner Mutter. Er träumte schon lange von einer eigenen Praxis und sah nun seine Chance gekommen. Ich glaube, in Wahrheit wollte er einfach nicht mehr länger an dem Ort bleiben, wo alles ihn an Angelika erinnerte.«

»Und vor der Beziehung? Was wissen Sie über Lossmanns Zeit als Student?«

Trautheimers Augen leuchteten auf. »Unser beider Vorgesetzter, Professor Öhligschläger, war Thomas' Mentor. Er war es, der Thomas' Talent förderte, ihn zu immer höheren Leistungen anspornte. Er hatte auch die Idee mit Südafrika und Asien, weil das einen weiteren Pluspunkt auf seinem Weg ganz nach oben bedeutete. Gerade wenn man bedenkt, was für eine schreckliche Kindheit Thomas hatte.«

Doro starrte ihn verwirrt an. »Sie meinen wegen seiner Mutter?«

Der Mann nickte.

»Welche Frau bringt es fertig, einfach so abzuhauen und ihren Mann samt Kind zurückzulassen? Wissen Sie, dass der Mann daraufhin angefangen hat, zu trinken? Er war ebenfalls Arzt, ein sehr guter sogar, verlor seine Zulassung wegen eines schwerwiegenden Fehlers, brachte sich schließlich um oder starb an seiner Alkoholsucht … so genau weiß ich das nicht mehr.«

Doro zog ihre Augenbrauen empor. »Das hat mir Ingeborg Lossmann aber anders erzählt. Ihr Mann habe seine Praxis verloren, weil er als ehemaliger Stasiinformant zur Verantwortung gezogen wurde und die Praxis an den ursprünglichen Besitzer zurückging. Und die Wahrheit über ihre Ehe ist, dass Lossmanns Mutter von ihrem Mann über Jahre hinweg tyrannisiert, wie ich annehme sogar misshandelt wurde. Sie hätte ihren Jungen wegen der Gesetze in der ehemaligen DDR nicht nach Westdeutschland mitnehmen dürfen, wollte ihn aber nachholen. Sie sagte mir, dass Thomas seinen Vater über alles liebte, dieser stets liebevoll mit ihm umgegangen sei, sie deswegen keine Bedenken hatte, ihn vorerst dort zu lassen. Sie dachte, dass er unglücklich geworden wäre, hätte sie ihm dem Vater einfach entrissen. Und dass er nach ihrer Flucht in den Westen keinen Kontakt mehr wollte.«

Trautheimer verzog das Gesicht. »Warum sollte Thomas mich in dieser Hinsicht belogen haben? Das macht doch keinen Sinn.

Aber egal. Ich weiß, dass es ihm schwerfiel, seiner Mutter gegenüberzutreten. Er konnte ihr einfach nicht verzeihen.«

»Dann hat Lossmann Ihnen ja doch ziemlich viel über sein Leben anvertraut«, platzte Manja heraus. »Also dafür, dass Sie einander nicht so nahestanden …« Sie ließ ihren Satz unvollendet, fixierte Trautheimer.

»Thomas und ich waren ab und an nach Feierabend was trinken. Eines Abends hat er etwas zu viel Wein erwischt und angefangen, sich zu öffnen. Am nächsten Tag war er wieder distanziert wie immer, wusste wahrscheinlich gar nicht mehr, was er mir alles anvertraut hatte.«

»Was wissen Sie darüber, wo Lossmann gewohnt hat, wenn er vor Ort war?«

Trautheimer runzelte die Stirn. »Ich nehme an in seinem Haus?«

Doro sog die Luft scharf ein. »Thomas Lossmann hatte hier in Dresden Grundbesitz? Ich denke, sein Vater hat alles verloren?«

Er nickte.

»Ihm wurden die Praxis und das Haus genommen, in dem er mit Thomas gelebt hat. Doch da gab es noch eine Schwester, Thomas' Tante. Nach ihrem Tod erbte Thomas als einziger Angehöriger ihr Vermögen, welches aus einem kleinen Häuschen und etwas Bargeld bestand. Thomas wollte es verkaufen, um in Bezug auf den Traum von der eigenen Praxis nicht von der Mutter abhängig zu sein, doch er fand einfach niemanden, der ihm bezahlen wollte, was er verlangte, deswegen behielt er es.«

»Und Sie wissen nicht, wo dieses Haus ist?«

Er schüttelte bedauernd den Kopf.

»Haben Sie denn schon eine Vermutung, wer Thomas das angetan …« Er brach ab. »Ach so, Sie dürfen ja nicht darüber reden. Ich dachte nur, weil Sie so interessiert daran sind, alles über sein Vorleben zu erfahren.«

Doro und Manja standen auf, schüttelten dem Mann die Hand. »Sie haben uns sehr geholfen. Wir melden uns, falls wir noch weitere Fragen haben.«

Auf dem Parkplatz vor der Klinik spürte Doro, wie jede Faser ihres Körpers zu vibrieren begann.

Sie sah Manja an. »Lossmann hat vielleicht gar nicht gelogen, als er seinem Kollegen über seine Kindheit erzählt hat. Warum sollte er seinen Vater in Schutz nehmen, wenn er wusste, was das für ein Mensch war? Ganz davon abgesehen, dass er unter Alkoholeinfluss stand, als er mit Trautheimer gesprochen hat.«

Manja nickte. »Lossmann hatte also all die Jahre ein völlig falsches Bild von seinem Vater. Für ihn war der Mann ein Heiliger, an dessen Elend die Mutter schuld war, weil sie ihn verlassen hat.«

Doro schnappte nach Luft.

»Er bestrafte diese Mädchen also für das, was seine Mutter ihm angetan hat, weil er es nicht fertigbrachte, seinen Zorn direkt auf sie zu lenken.«

Manja sah Doro nachdenklich an. »Und die Trennung von dieser Angelika wird ihn dann vollkommen aus der Bahn geworfen haben. Der Mann muss einen unbändigen Hass auf alle Frauen gehabt haben, die ihn an seine Mutter erinnerten. Die Frage ist nur – warum mussten es unbedingt blutjunge Mädchen sein? Halbe Kinder?«

Doro hob die Schultern. »Vielleicht wollte er verhindern, dass diese Mädchen zu solchen Frauen werden, wie seine Mutter eine ist? Doch falls sich tatsächlich Lossmann als euer Täter herausstellt – und diese Vermutung drängt sich mir immer mehr auf –, werden wir diese Frage wohl nie beantwortet kriegen.«

»Aber theoretisch wäre auch möglich, dass Lossmann gar nichts damit zu tun hat«, gab Manja zu bedenken. »Oder zumindest nicht allein dafür verantwortlich ist und der wahre Täter bzw. Mittäter uns nur auf seine Fährte locken will. Denn immerhin ist da noch das Rätsel um seine verschwundene Frau und das vermisste Kind.«

Plötzlich hatte Doro eine Eingebung. »Das Katasteramt! Dort weiß man sicher, wo das Haus steht, das Lossmann von seiner Tante vererbt bekam.«

Manja winkte ab. »Das dauert viel zu lange, weil wir den offiziellen Dienstweg nehmen müssten. Warum rufen wir nicht einfach bei Lossmanns Mutter an? Das geht doch viel schneller.«

Kapitel 17

Mai 2017
Dresden

»Frau Lossmann, hier spricht Dorothea Augustin von der Kripo.« Doro drückte sich das Smartphone fest ans Ohr, weil die Verbindung nicht besonders war, hörte, wie die Frau am anderen Ende der Leitung verhalten stöhnte.

»Ja?«

»Ich bin momentan in Dresden vor Ort, um die Ermittlungen in Bezug auf ihre Enkeltochter voranzutreiben. Der Grund meines Anrufes ist – ich muss wissen, wo genau sich das Haus befindet, in dem Ihr Sohn während seiner Dresden-Aufenthalte gewohnt hat.«

Ingeborg Lossmann sog die Luft hörbar ein.

»Ich weiß zwar nicht, wie sie darauf kommen, dass Mathilda in Dresden sein könnte, aber gut. Und was Ihre Frage angeht – mein Sohn hatte kein Haus in Dresden. Der Besitz meines Mannes wurde ihm ja nach der Wende genommen, sodass da nichts mehr war, was Thomas hätte erben oder wo er hätte wohnen können. Während seines Studiums kam er in einem der Wohnheime der Uni unter und nach seiner Rückkehr aus dem Ausland mietete er sich ein kleines Appartement. Als er später mit dieser Ärztin zusammenkam, teilten sie sich eine Wohnung. Das Haus, nach dem Sie suchen, existiert nicht.«

Doro räusperte sich. »Ich weiß aus sicherer Quelle, dass er das Haus seiner Tante vererbt bekam. Das hat er seinem Kollegen, Dr. Trautheimer erzählt.«

»Sie sprechen von der Schwester meines Mannes? Ihr Name war Luise Kassler. Sie starb vor einigen Jahren, das Grundstück hat Thomas damals sofort zum Verkauf freigegeben.«

Doro war drauf und dran die Geduld zu verlieren. »Wären Sie trotzdem so nett, mir zu sagen, wo dieses Haus steht? Es ist wirklich wichtig.«

Ingeborg Lossmann schwieg einen Moment. »Denken Sie, dass meine Schwiegertochter die kleine Mathilda dorthin gebracht hat?«

Doro überlegte, was sie der Frau sagen konnte, ohne sich zu weit aus dem Fenster zu lehnen, entschied sich dann aber, auf ihren Zug aufzuspringen. »Möglich wäre es doch. Vielleicht hat Thomas das Haus gar nicht verkauft und Theodora wusste davon. Dann wäre es theoretisch möglich, dass beide dort untergekommen sind.«

Wieder Stille am anderen Ende. Dann ein Geräusch, als würde die Frau hyperventilieren.

»Luise lebte in Grillenburg. Das ist ein kleiner Ort in der Nähe von Freital. Sie müssen sich durchfragen, denn mehr kann ich Ihnen auch nicht sagen.«

Zurück im Präsidium kam ihnen Oswald entgegen, der Manja wütend ansah. »Während Sie unseren Hoheitsbesuch herumführen, muss ich mir den Arsch aufreißen.« Er wedelte mit einigen Papierausdrucken vor Manjas Nase und verzog das Gesicht. »Es gibt eine Neuigkeit bezüglich unseres Wahnsinnigen. Die Kollegen aus Kapstadt haben mir vor einer halben Stunde eine Kopie ihrer Akte von einem ungelösten Mordfall geschickt. Die Opfer damals waren junge Mädchen zwischen achtzehn und fünfundzwanzig Jahren mit Prostitutionshintergrund. Die Kollegen vor Ort vermuteten, dass es eine Art Krieg zwischen mehreren Zuhältern war, da die Opfer gefoltert worden waren, doch nach näherer Betrachtung könnte es sich auch um unseren Mann handeln.«

Manja und Doro sahen einander alarmiert an.

»Von wann bis wann ging diese Mordserie?«, fragte Manja ihren Kollegen.

»Von 2004 bis 2005«, brummte er und machte auf dem Absatz kehrt. Auf dem Weg in sein Büro drehte er sich noch einmal zu Manja um. »Sie sind jetzt gefragt. Studieren Sie die Kapstadt-Fälle und gehen diese auf Zusammenhänge mit unseren Morden durch. Ich organisiere uns zwischenzeitlich jemanden von der OFA. Heute Abend ist dann Teamsitzung.« Er sah zu Doro, schüttelte den Kopf. »Ohne Sie, übrigens.« Dann schloss er die Türe seines Büros hinter sich.

Manja und Doro brauchten einander nur anzusehen, um zu wissen, was die jeweils andere gerade dachte.

»Was für ein Widerling«, flüsterte Doro und grinste. Dann sah sie zu den Papieren in Manjas Hand. »Wenn du magst, gehen wir das gemeinsam durch.«

In Manjas Büro breiteten sie die Akten der Dresden- und Südafrikamorde mangels Platz auf dem Boden aus, hockten sich davor.

Nachdem sie sich zuerst in die Kapstadt-Fälle eingelesen hatten, gingen sie gemeinsam die Dresdener Fälle durch.

»Ich sag dir was«, Manja sah Doro aufgeregt an. »Ich bekomme langsam auch die Gewissheit, dass Lossmann unser Mörder ist. Das kann doch kein Zufall sein. Die Leichen der Mädchen hier bei uns wiesen ganz ähnliche Verletzungen auf wie die in Afrika. Und dann noch der Zeitfaktor. Lossmann war nach seinem Studium dort. Das muss um den Dreh herum gewesen sein.« Sie überlegte kurz. »Wir alt wäre Lossmann heute?«

»Vierundvierzig«, antwortete Doro. »Zumindest wäre er in paar Wochen vierundvierzig geworden.«

Manja schluckte. »Also wenn wir bedenken, dass er mit sechs oder sieben Jahren eingeschult wurde, dann dreizehn Jahre zur Schule ging, anschließend sechs Jahre Medizinstudium plus fünf Jahre Facharztausbildung absolvierte, dann komme ich auf 2004 für seinen Auslandsaufenthalt.«

Doro, die in Gedanken mitgerechnet hatte, nickte.

»Sagte sein Kollege nicht auch etwas von Asien?«, fiel ihr dann ein.

Manja räusperte sich.

»Vielleicht sollten wir Trautheimer anrufen.«

Sie zog ihr Smartphone hervor, tippte ein wenig darauf herum, dann presste sie das Gerät an ihr Ohr. »Ich muss Dr. Trautheimer sprechen, sofort!«, bellte sie in den Hörer und wartete.

Als er schließlich dran ging, ratterte Manja ihre Fragen runter, dann beendete sie das Gespräch, sah Doro aufgeregt an. »Bingo! Lossmann war tatsächlich von 2004 bis 2006 im Ausland und laut Trautheimer zuerst in Südafrika, dann in Asien. Das passt haargenau zu den Morden an den Prostituierten.«

Doro runzelte die Stirn.

»Ich verstehe nur nicht, weshalb er zwischen beiden Mordserien eine so große Pause gemacht hat?«

Doro sah Manja schulterzuckend an. »Vielleicht konnte er seinen Drang unterdrücken, solange er in einer Beziehung mit dieser Angelika war. Danach drehte sich alles um die neue Praxis in Augsburg, er lernte seine spätere Frau kennen, das Kind kam. Außerdem ist Lossmann wirklich sehr schlau. Ein Sprichwort sagt, wo der Fuchs wohnt, scheißt er nicht – das könnte auch auf ihn zutreffen. Südafrika war für ihn der ideale Ort, um seinem Drang erstmals nachzugeben. Er suchte sich Prostituierte, weil er wusste, dass man zuerst im Milieu nach dem Täter suchen würde. Und als er in Dresden mit Angelika zusammenlebte: Vielleicht wollte er sein Nest nicht beschmutzen, das Risiko nicht eingehen, geschnappt zu werden. Und auch in Augsburg unterdrückte er seinen Drang, weil er nicht wollte, dass seine Taten mit seinem Lebensumfeld in Verbindung gebracht werden. Und wenn wir ehrlich sind, hat es ja auch geklappt. Zumindest so lange, bis er selbst Opfer eines Verbrechens wurde, das es übrigens nach wie vor gilt, aufzuklären.«

Manja stand auf, holte eine Karte von Dresden und Umgebung, breitete sie ebenfalls auf dem Boden aus. Dann machte sie einen Kreis um ein kleines Örtchen, abseits von Dresden – Grillenburg.

Sie sah Doro an. »Auf zwei der Mädchen – Uta und Andrea – könnte er durch seine Arbeit in den Krankenhäusern aufmerksam geworden sein. Uta war wegen Lebensmittelvergiftung in der Uniklinik und Andrea wegen eines Praktikums im Parksanatorium.« Sie tippte auf die Karte. »Er selbst lebte in Grillenburg, fuhr also mit dem Auto nach Hause. So könnte er auf die anderen Mädchen gekommen sein. Durch Zufall, wenn er mit seinem Wagen unterwegs war. Annemarie zum Beispiel wohnte außerhalb und musste in die City, um ins Gymnasium zu kommen. Marion auch. Nur Sarah lebte in Dresden, ging auch dort zur Schule. Aber die Mädchen heutzutage haben ihre Freundinnen überall in der Umgebung verteilt, sie könnte sonst wo gewesen sein, als er sie aufgegriffen hat. Und genauso Anna.«

»Und was ist mit seiner Frau? Ich verstehe den Zusammenhang noch immer nicht. Wenn Theodora ihren Mann bei einem Mord beobachtet hat, weshalb ist sie dann nicht sofort zur Polizei gegangen?«

Manja zog ihre Augenbrauen empor. »Also dafür hätte ich eine Erklärung. Die arme Frau muss einen Schock gehabt haben, war mit Sicherheit vollkommen überfordert mit der schrecklichen Situation. Und sagtest du nicht, als du mir die Story erzählt hast, dass sie vollkommen durch den Wind war, als sie bei ihrer Freundin das Kind abgeholt hat?«

Doro nickte seufzend. »Doch selbst wenn meine Augsburger Kollegen recht haben und sie ihren Mann tötete, nachdem es zur Konfrontation kam, warum hat sie nicht spätestens da die Polizei informiert? Ihr wäre mit Sicherheit nichts passiert, niemand hätte sie dafür zur Verantwortung gezogen, wenn sie hätte beweisen können, dass es Notwehr war.«

»Vielleicht konnte sie das nicht?«, mutmaßte Manja. »Und wer weiß denn schon, was ihr Mann vor seinem Tod zu ihr gesagt hat? Vielleicht hat er ihr gedroht, wollte dem Kind etwas antun. Der Typ war kein gewöhnlicher liebevoller Ehemann, sondern ein Monster.«

»Und was hat das Verschwinden des Kindes mit all dem zu tun?«

Manja stieß die Luft aus. »Das ist die Frage aller Fragen. Aber vielleicht sollten wir der Reihe nach vorgehen.«

Doro stand auf. »Was schlägst du vor?«

»Lass uns nach Grillenburg fahren. Wenn Lossmann der Täter war, könnte dieses Haus der Ort sein, wo er die Mädchen vor ihrem Tod festgehalten und misshandelt hat.«

Auf dem Weg von Dresden nach Grillenburg hing jede von ihnen ihren eigenen Gedanken nach, bis sie nach Passage des Ortsschildes auf eine alte Frau stießen, die zwei kleine Hunde spazieren führte. Manja fuhr rechts ran, fuhr Doros Seitenscheibe hinunter.

Doro winkte die Frau näher, zeigte ihre Dienstmarke, stellte sich freundlich vor. Die alte Frau wurde blass, erklärte sich aber einverstanden, Doro und Manja zu helfen.

»Wir sind auf der Suche nach dem Anwesen der Familie Kassler. Die Besitzerin des Hauses hieß Luise, ihr Neffe, der nach ihrem Tod einzog, war Arzt. Wissen Sie etwas darüber?«

Die Frau schüttelte den Kopf. »Hier in Grillenburg gibt es

weit und breit keine Familie mit diesem Namen. Was früher war, weiß ich nicht, da mein Mann und ich erst vor einigen Jahren hergezogen sind. Sie könnten es aber ein paar Kilometer nach der Ortsausfahrt versuchen. Zwischen diesem und dem Nachbarort führt ein kleiner Feldweg zu einem leer stehenden Häuschen mitten im Grünen am Waldrand. Das ist früher mal ein Bauernhof gewesen. Ich meine mich zu erinnern, dass meine Nachbarin mir vor einigen Jahren erzählt hat, dass die Besitzerin verstorben sei und die Erben das Haus verkaufen wollten, es aber nicht losbekamen. Seither steht es leer – keine Ahnung, ob die Frau, die früher darin wohnte, Kassler hieß.«

Wieder unterwegs warf Manja Doro einen Seitenblick zu. »Das muss es sein oder was denkst du?«

Doro nickte, spürte, wie sich bei jedem Kilometer, den sie dem Haus näher kamen, ihr Magen zusammenkrampfte. Als sie schließlich von der Hauptstraße in den beschriebenen Feldweg abbogen, der nach mehreren Hundert Metern in eine Waldlichtung überging und an deren Ende ein kleines, verwittertes Häuschen zum Vorschein kam, wurde ihr übel. »Hier war ich schon einmal«, stammelte sie und schloss ermattet die Augen. »Besser gesagt, ich kenne diesen Ort. Ich habe das Haus schon zweimal gesehen. Einmal, als ich in Augsburg in der Dusche zusammengeklappt bin, und erst kürzlich, als ich auf dem Weg vom Vietnamesen-Imbiss zum Krankenhaus eingeschlafen bin.«

Doro bemerkte ein Funkeln in Manjas Augen, wich deren Blick aus, der ihr seltsamerweise durch und durch ging.

»Sollen wir reingehen?«, fragte sie stattdessen, als Manja den Wagen abgestellt hatte, und stieg aus. Ihre Kollegin folgte ihr auf eiligen Füßen. »Sollen wir nicht lieber Verstärkung anfordern?«

»Wozu?«, fragte Doro. »Lossmann ist tot.«

»Und wenn es doch einen Mittäter gibt?«

Doro schnappte ungeduldig nach Luft. »Kannst du machen. Ich werde aber auf gar keinen Fall warten, bis die hier sind. Ich gehe jetzt sofort rein.« Sie beklopfte das altersschwache Holz des Türblatts, holte aus, trat schließlich voller Wucht gegen die Tür, die mit einem Knall aus den Angeln flog. Dann tastete sie nach ihrer Dienstwaffe, stellte fest, dass ihr Holster leer war. »Verdammt«, murmelte sie. »Ich hab wohl meine Dienstwaffe in Augsburg liegen lassen. Sehr seltsam …«

Manja klopfte beruhigend an ihre linke Hüfte. »Ich hab meine dabei, das reicht. Was dagegen, wenn du hinter mir gehst?«

Doro nickte enttäuscht, tat aber wie ihr geheißen. Als sie ins Innere des Hauses traten, hatte sie plötzlich das Gefühl, keine Luft mehr zu bekommen. Ihr Herz hämmerte wild in ihrer Brust, dann spürte sie, wie ihr schwindelig wurde. Alles hier wirkte auf eine angsteinflößende Art und Weise vertraut auf sie, was sie sich absolut nicht erklären konnte.

Die kleine Küche, in der noch die benutzten Teller und Tassen herumstanden, als wäre der Besitzer nur kurz außer Haus, um einzukaufen. Das Badezimmer, in dem ein Klamottenhaufen auf dem Boden lag, das Wohnzimmer mit einer Vielzahl an medizinischen Fachzeitschriften auf dem Tisch. Selbst die Mischung aus dem würzigen Duft eines Parfüms, das in den Wänden und Gardinen zu hängen schien, und dem muffigen Gestank von Feuchtigkeit kam Doro bekannt vor. Sie stöhnte leise, als es in ihrem Kopf zu hämmern begann, die Umgebung vor ihren Augen verschwamm.

»Doro? Soll ich nicht lieber doch einen Arzt anrufen? Du brauchst Hilfe, und zwar dringend.« Irgendwas an Manjas Tonfall erinnerte Doro an Mark und Sandro zu Hause, sodass der Zorn Oberhand gewann. Sie atmete ein paar Mal tief durch, dann wirbelte sie zu Manja herum. Doro wollte gerade ansetzen, ihr den Kopf geradezurücken, als ein Poltern sie innehalten ließ, auf das ein krächzender Schrei folgte.

Entsetzt sahen beide Frauen sich an, unfähig, sich zu bewegen.

Manja war es, die zuerst ihre Fassung zurückerlangte. »Das kam aus dem Keller.«

Doro nickte, spürte, wie ihr alle Kraft aus den Beinen wich und sie zu Boden sank. »Geh du«, brachte sie gerade noch hervor, dann wurde es dunkel um sie.

Kapitel 18

Mai 2017
Dresden/Augsburg

Die Fahrt von Dresden nach Augsburg hatte sieben Stunden gedauert, weil sie auf Höhe Nürnberg wegen eines Unfalls im Stau gestanden hatten. Doro hatte angenommen, dass Sandro wütend auf sie wäre, doch stattdessen hatte er erleichtert ausgesehen und war beeindruckt, dass dank ihrer Hilfe eine furchtbare Mordserie aufgeklärt werden konnte. Inzwischen wussten sie aus erster Hand, dass Thomas Lossmann ein Doppelleben in Dresden geführt und junge Mädchen ermordet hatte. Beweis war die Aussage der jungen Frau, die sie mehr tot als lebendig aus Lossmanns Keller befreit hatten. Anna Lindner, gerade erst sechzehn Jahre alt, war extrem dehydriert gewesen, fast verhungert und schwer verletzt, doch ihr ungebrochener Lebenswille hatte sie buchstäblich am Leben erhalten. Sie hatten das Mädchen noch vor Ort notfallmedizinisch versorgt, sie anschließend ins Universitätsklinikum gebracht, wo sie bereits Stunden später von Manja und ihrem Team befragt werden konnte. Ihre Aussage, nachdem man ihr ein Foto von Lossmann gezeigt hatte, stellte letztendlich den Abschluss des Dresdener Falles dar, denn nun stand definitiv fest, dass es tatsächlich Lossmann gewesen war, dem Anna ihre Entführung und sämtliche Misshandlungsspuren verdankte. Doros Frage, ob es einen zweiten Täter gab, hatte Anna verneint. Nur Lossmann war bei ihr in dem Keller gewesen und hatte ihr Schmerzen zugefügt. Auch die Frage nach dem Warum konnte Anna nur spärlich beantworten.

»Er war so … wütend auf mich«, hatte sie schwach hervorgebracht und zu weinen begonnen.

»Das war, als bestrafte er mich für etwas, doch ich weiß noch immer nicht, wofür …«

Somit hatte sich Doros Theorie nach dem Motiv ebenfalls bestätigt. Lossmann tötete aus Hass auf seine Mutter und wahrscheinlich, weil er Spaß am Töten hatte. Ganz genau konnte man das Motiv dieses Monsters nicht mehr analysieren, da es glücklicherweise tot war.

Wobei …

Wut keimte in Doro auf. Sie fand es mehr als ungerecht, dass Lossmann durch seinen Tod seiner Strafe entgangen war, er nicht lebenslang im Gefängnis schmoren würde. Und dann war da noch die Sache mit Theodora Lossmann und der kleinen Mathilda. Ihre Enttäuschung, als sie nach ihrem Schwächeanfall zu sich kam und es Anna gewesen war, die aus dem Keller gerettet wurde, ließ sich rückblickend schwer in Worte fassen. Natürlich war Doro erleichtert, dass man ein Mädchen hatte retten und ihrer Familie zurückbringen können, doch der Druck in ihrem Innern, dass sie noch immer nicht die geringste Ahnung hatte, wo sich Lossmanns Familie befand, wurde von Minute zu Minute stärker. Manja hatte ihr, als sie sich voneinander verabschiedeten, alles Gute gewünscht, sie fest in den Arm genommen und sie auf eine Weise angesehen, die Doro sowohl als peinlich als auch als unangenehm empfand. Es war beinahe, als verspürte Manja Mitleid mit ihr.

Doro seufzte.

Doch warum sollte ihre Kollegin Mitleid mit ihr haben? Sah sie etwa so verzweifelt aus?

Sie würde den Fall der Lossmanns schon noch lösen.

So wie sie auch alle Fälle zuvor immer hatte aufklären können.

Die Sache war nur die: Je länger die Suche dauerte, umso unwahrscheinlicher war es, das Mädchen lebendig zu finden.

Auch die letzten Worte von Manja – »Wir alle hier danken dir und hoffen, dass du bald findest, wonach du suchst, und dass dann alles etwas klarer für dich wird« – hatte Doro verunsichert.

Was zum Teufel meinte Manja damit?

Und warum war Sandro so freundlich zu ihr wie nie zuvor?

Egal.

Als sie mit ihm gemeinsam auf den Eingangsbereich des Augsburger Präsidiums zuging, versuchte sie, all diese verwirrenden Gedanken beiseitezuschieben.

Sie brauchte ihre volle Konzentration, wenn sie gleich die Akte der Lossmanns noch mal durchging. Bei Ingeborg Lossmann anzurufen, konnte sie sich bis auf Weiteres sparen, denn die war bestimmt schon auf dem Weg nach Dresden, um mit den Kollegen vor Ort zu sprechen. Manja hatte ihr via Telefon angeboten, alle Befragungen von den Kollegen in Augsburg vornehmen zu lassen, doch die alte Dame hatte darauf bestanden, persönlich nach Dresden zu reisen. Sie wollte sich vor Ort mit eigenen Augen von all dem überzeugen, was ihrem Sohn vorgeworfen wurde.

Doro kam nicht umhin, sich einzugestehen, dass die sich auf eine seltsame Art und Weise mit Ingeborg Lossmann verbunden fühlte, sie Mitleid empfand, es ihr naheging, was die Frau nun durchmachen musste. Die Mutter eines Mörders zu sein und zudem Ursache dessen, was die Gewalttätigkeit ihres Sohnes ausgelöst hatte.

»Alles okay mit dir?«, fragte Sandro, als sie den Aufzug betraten.

Doro nickte nur.

In Wahrheit war mit ihr gar nichts okay.

Ihr war noch immer speiübel, sie hatte starke Kopfschmerzen, an denen auch der lange Schlaf auf dem Weg hierher nichts geändert hatte. Außerdem fühlte sie sich, als würde sie krank werden, was sie zum gegenwärtigen Zeitpunkt überhaupt nicht gebrauchen konnte.

Als sie aus dem Aufzug stiegen, wurden sie bereits von der gesamten Chefetage erwartet. Tamara Paul, die stellvertretende Dienststellenleiterin, sah mitgenommen aus, als sie Doro die Hand schüttelte.

»Dank Ihnen ist der Horror in Dresden vorbei«, sagte sie schließlich unbeholfen, blickte betreten zu Boden. Als sie wieder aufsah, hatten ihre Augen einen merkwürdigen Glanz. Sie sah Doro aufrichtig an. »Ich weiß nicht, was ich sagen soll, Frau … Doro. Ich kann einfach nicht in Worte fassen, wie leid mir das alles tut.« Sie schnappte nach Luft. »Jetzt müssen wir einfach hoffen, dass wir Mathilda schnell finden. Und dass Sie …« Die Frau wechselte einen Blick mit Sandro. Dorothea bemerkte, dass dieser kaum wahrnehmbar den Kopf schüttelte. Sie fragte sich, was da gerade zwischen ihren Kollegen passierte, doch dann war es auch schon wieder vorbei.

»Ich habe in Dresden gar nichts beendet«, erklärte sie schließlich. »Ich habe die dortigen Ermittlungen mit meinen Vermutungen zum Abschluss bringen können. Und ein Mädchen gerettet. Aber dass die Morde aufhören, haben die Kollegen da drüben demjenigen zu verdanken, der Lossmann getötet hat. Da müssen wir jetzt ansetzen. Wir müssen herausfinden, wo Theodora ist. Dann finden wir auch das Mädchen. Und erfahren vielleicht, was genau in jener Nacht geschah, als dieser Wahnsinnige starb.«

Tamara Paul öffnete den Mund, schloss ihn gleich wieder. Dann sah sie Doro traurig an. »Ich würde Ihnen so gerne helfen, verstehen Sie? Wenn Sie mir nur sagen könnten …« Sie brach ab und drehte sich um, dann ging sie langsam davon.

»Was ist denn in die gefahren?«, fragte Doro ihren Kollegen und hob erstaunt die Brauen.

Der schluckte heftig, wandte sich ab.

Doro schüttelte den Kopf. War denn jeder um sie herum bescheuert? Was ging hier nur vor?

»Doro?« Marks Stimme ließ sie herumwirbeln. Er sah erleichtert aus, wirkte aber trotzdem irgendwie traurig.

»Wie geht es dir?«, wollte er wissen.

Doro riss der Geduldsfaden. »Warum fragt mich jeder ständig, wie es mir geht? Das ist ja nicht zum Aushalten! Und wenn du es genau wissen willst: Mir geht es beschissen. Ich habe herausgefunden, dass der Ehemann der Frau, die wir suchen, ein Mörder war. Der Typ brachte junge Mädchen um, obwohl er selbst Vat…« Sie hielt inne, riss die Augen auf.

Dann starrte sie Mark elektrisiert an. »Und wenn es doch die Frau gewesen ist? Weil sie ihr Kind schützen wollte?« Ihr Körper versteifte sich, als sie in Gedanken alles noch mal ganz von Anfang an durchging. Da war eine Familie, glücklich. Die Frau kommt dahinter, dass der Mann eine Affäre zu haben scheint. Sie bringt ihr Kind bei der Freundin unter, verfolgt ihren Mann. Beobachtet ihn. Begreift, was er wirklich getan hat. Wozu der Mann, den sie seit Jahren liebt, fähig ist.

»Was würde ich tun?«, murmelte Doro vor sich hin und atmete gegen die stärker werdende Unruhe in ihrem Innern an. »Ich würde mein Kind beschützen, es fortbringen, damit es sicher ist. Und dann zur Polizei gehen. Warum hat sie das nicht auch so gemacht?« In ihrem Kopf drehte sich alles.

»Doro …«, versuchte Mark, sie zu beruhigen. »Ich muss dir was sagen …«

»Jetzt nicht!«, fauchte sie ihn an, während ihr Gedankenkarussell sich weiter drehte.

»Vielleicht hat sie sich nicht zur Polizei getraut, denn ihr Mann war angesehen, eine Berühmtheit, wenn man so sagen kann, zumindest unter den Medizinern des Landes. So schlau wie der war, hätte er es geschafft, seine Frau als verrückt hinzustellen, alles abzustreiten. Und selbst wenn er eingesperrt worden wäre … Wie hoch wäre das Strafmaß schon ausgefallen, in einem Land, in dem Raubkopierer stärker bestraft werden, als Mörder? Täglich falsche Gutachten von Psychiatern erstellt werden, was es Mördern möglich macht, in Freiheit gleich wieder zu morden. Oder vielleicht als weniger drastische Möglichkeit – es könnte doch sein, dass Theodora ihren Mann einfach nur damit konfrontieren wollte, was sie gesehen hat. Vielleicht ist er in dieser Situation auf sie losgegangen und sie hat es durch eine glückliche Fügung geschafft, sich zu wehren. Und jetzt versteckt sie sich, weil sie Angst hat, eingesperrt zu werden und ihr Kind weggenommen zu bekommen.«

»Doro, bitte!« Marks Stimme durchdrang ihr Bewusstsein, unterbrach ihren Monolog.

»Ich weiß vielleicht, wo Mathilda ist …«

Sie riss die Augen auf, starrte Mark an.

»Wie kommst du darauf?«

Er schluckte. »Ich hab auch meine Mittel. Und ich kann recherchieren.« Er stockte, suchte nach Worten.

»Warst du schon mal in der Gartenanlage Süd?«, wollte er dann wissen.

Doro sah ihn verwirrt an. »Du meinst die Schrebergärten in Haunstetten?«

»Ja.«

Sie verneinte. »Warum sollte ich dort gewesen sein? Du weißt doch, dass ich keinen grünen Daumen hab.« Sie grinste gequält. »Magst du auf den Punkt kommen?«

Mark suchte nach Worten.

»Ich habe mal ein bisschen herumtelefoniert. Dadurch hab ich die Eltern eines Mädchens, mit dem die kleine Mathilda im Kindergarten zu tun hat, ausfindig gemacht. Das Kind heißt Sally. Die beiden Mädchen gehen in dieselbe Kita-Gruppe, spielen oft zusammen. Und von Sallys Mutter hab ich erfahren, dass eine der Erzieherinnen regelmäßig kleine Feste in ihrem Garten veranstaltet. Die Frau lebt im Univiertel, hat selbst keine Kinder. Trotzdem hat sie ihren Garten wohl mit Schaukeln, Sandkasten, Rutsche, Trampolin und Igluzelt ausgestattet, damit die Kinder im Sommer viel Zeit im Grünen und in Waldnähe verbringen können. Der Garten ist laut Aussage von Sallys Mutter sehr schön gelegen und es gibt dort auch einen Bungalow, wo man theoretisch übernachten könnte.«

»Was willst du mir damit sagen?«, unterbrach Doro ihn. »Dass Theodora Lossmann und ihre Tochter an diesem Ort sind? Dass sie sich da versteckt haben, wo jederzeit jemand kommen und sie entdecken könnte? Und wenn dem so ist, warum haben wir noch keine Meldung bekommen, dass jemand sie gesehen hat?«

Mark holte tief Luft.

»Die Erzieherin, der dieser Garten gehört, ist im Urlaub, also relativ unwahrscheinlich, dass jemand im Moment dort aufkreuzt. Und soviel ich weiß, hat sie jemanden, der sich regelmäßig um alles kümmert, die Blumen gießt, ein wachsames Auge hat. Wie gesagt, der Garten liegt etwas abseits von den anderen, ist näher am Wald. Und dieser Mann, der nach dem Rechten sieht, wohnt in einem alten leer stehenden Bungalow in der Anlage. Er ist obdachlos, lebt von Spenden und Geschenken für seine Dienste.«

Doro sah Mark nachdenklich an. »Du meinst, er könnte Theodora und Mathilda kennen und tut ihnen einen Gefallen, indem er geheim hält, dass sie dort während des Urlaubs der Besitzerin unterkommen?«

Mark nickte.

»Möglich wäre es.«

Doro schluckte. Sie musste zugeben, dass es keineswegs so abwegig war, wie es sich im ersten Moment anhörte. Sie nickte.

»Dann los, lass uns hinfahren.«

Nachdem sie den Wagen auf dem Parkplatz der Anlage abgestellt hatten, wurde Doro mulmig. Sie sah sich um, registrierte, dass ihr alles bekannt vorkam, sie schon einmal hier gewesen sein musste. Während sie gegen die aufsteigende Panik atmete, fragte Mark einen der Hobbygärtner in der Nähe, ob er wisse, wo sich der Garten von Renate Wagner, der Erzieherin, befand. Als er wieder zu ihr kam, hatte sie das Gefühl, nicht mehr atmen zu können.

Mark, der das zu bemerken schien, nahm sie fest in seine Arme, strich ihr beruhigend über den Rücken. »Wenn wir Glück haben, ist es gleich vorbei …« Er zog sie mit sich und sie ließ es geschehen, hatte keine Kraft, dagegen anzukämpfen. Als sie auf das kleine in gelb und grün gestrichene Häuschen zugingen, welches von Nadelbäumen sowie einem zauberhaften Garten mit integriertem Spielplatz umgeben war, hatte sie plötzlich eine Eingebung.

»Heinz Zimmermann«, stammelte sie.

Mark sah sie fragend an.

»Warum kenne ich seinen Namen?« Ihr kamen die Tränen.

Mark schluckte hart. »Wer ist das?«

Doro spürte, wie sich ihr Magen verkrampfte. »Die gute Seele der Anlage hier. Alle mögen ihn, er ist so nett und fröhlich, obwohl er Furchtbares durchgemacht hat, das ihn in die Lage brachte, ohne Obdach zu sein. Ich hab ihm fünfhundert Euro gegeben, damit er sich … damit er …«, sie spürte, wie sie langsam die Fassung verlor, als sie das Tor zum Garten passierten und auf das kleine Häuschen zugingen.

Mark klopfte heftig gegen die Tür.

Nichts tat sich.

Er sah Doro an. »Du bist gefragt.«

Sie öffnete den Mund, schloss ihn wieder, wusste nicht, was sie tun sollte.

»Sag, dass du es bist, Dorothea, und dass du deine Tochter holen willst.« Mark sah genauso abgekämpft und erschöpft aus, wie sie sich fühlte. Sie fragte sich, ob er deswegen diesen Unsinn redete.

»Warum sollte ich so etwas Dummes sagen?«

Mark sah sie flehend an. »Tu es für mich, Doro, bitte. Sonst muss ich die Tür eintreten und damit ist niemandem geholfen.«

Doro räusperte sich. Dann nickte sie ergeben.

»Ich bin's, Doro, bitte machen Sie auf, ich bin gekommen, um meine ... um Mathilda zu holen.«

Sie verstummte, spürte, wie ihr alle Kraft aus den Beinen wich.

Plötzlich hatte sie das Gefühl, sich von ihrem Körper zu entfremden und neben sich zu stehen. Dann prasselten Erinnerungsfetzen auf sie ein.

Ihre falsche Vermutung, Thomas habe eine Affäre.

Sarah, die sie mit ihrem Mann in dem Haus gesehen hatte.

Das Entsetzen, als sie begriff, was dort in Wahrheit passierte.

Das Chaos in ihrem Kopf, die Verzweiflung.

Da war nur noch der Gedanke, ihr Kind vor diesem Ungeheuer schützen zu müssen.

Dann der Streit mit Thomas.

Plötzlich war da das Messer in ihrer Hand gewesen.

Und wenig später das Blut ...

Überall Blut.

Sie keuchte.

Dorothea!

Sie war Dorothea.

Oder doch nicht?

War sie Theodora?

Ihre Gedanken verselbstständigten sich.

Mark hatte ein Faible für Anagramme.

Und Theodora war ein Anagramm von Dorothea.

»Warum?«, stieß sie hervor, sah ihn mit weit aufgerissenen Augen an. »Wie ist das möglich?«

Er wich ihrem Blick aus. Als er wieder zu ihr sah, hatte er Tränen in den Augen.

»Ich konnte doch nicht zulassen, dass du weggesperrt wirst. Nicht, nachdem ich von deiner Unschuld überzeugt war. Die Doro, die ich einst geliebt habe, hätte niemals einfach ihren Mann getötet. Außerdem waren da noch meine alten Schuldgefühle, weil ich der Verantwortliche bin, wegen dem du damals aus dem Polizeidienst entlassen wurdest.

Alles war meine Idee. Es sollte ein Experiment sein. Einzigartig in der Kriminalgeschichte Deutschlands. Und wir alle haben uns weit aus dem Fenster gelehnt, um das mit dir durchziehen zu können.«

Er atmete tief durch.

»Wir hatten keine Wahl, Doro ...«

Er schluckte. »Weil wir nicht wussten, wie wir sonst an dich herankommen könnten, wie wir dich dazu kriegen, dass du dich endlich erinnerst.«

Er brach ab, als im Innern des Bungalows Schritte und kurz darauf ein Wispern zu hören war.

Doro schwankte.

Nur Sekunden später wurde die Tür aufgerissen und ein kleiner Wirbelwind sprang ihr in die Arme, umklammerte sie mit aller Kraft.

Doro sah hilflos zu Mark, wusste nicht, wie ihr geschah. Dann begann die Umgebung vor ihr zu verschwimmen.

»Mami ... meine liebe, liebe Mami, ich hab dich so vermisst«, war das Letzte, das sie hörte, dann sackte sie zusammen.

Kapitel 19

Mai 2017
Augsburg

Als Doro wieder zu sich kam, schien ihr die Sonne mitten ins Gesicht. Sie sah sich um, registrierte, dass sie in einem Krankenhausbett lag, einen Beutel Kochsalzlösung hing neben ihr an einem Infusionsständer, führte von einem Schlauch zu ihrem Arm.

Sie stöhnte leise, denn ihr Kopfschmerz raubte ihr langsam, aber sicher den Atem.

»Es ist ganz normal, dass du so starke Schmerzen hast«, erklärte Mark, der neben ihrem Bett auf einem Stuhl saß. »Dein Gehirn muss langsam wieder seine gewohnte Tätigkeit aufnehmen, der Teil, der für die Erinnerungen zuständig ist, muss jetzt besonders viel leisten.« Er stand auf, nahm sie in den Arm. »Ich habe nie aufgehört, dich zu lieben, Doro, doch deine missliche Lage auszunutzen und mit dir zu schlafen, das konnte ich nicht.«

Sie nickte, wusste allerdings nicht, was sie darauf antworten sollte.

»An was erinnerst du dich?«

Sie schluckte.

»An alles. Ich weiß genau, was passiert ist und was mein Mann … Thomas getan hat.« Sie schloss die Augen, unterdrückte die Tränen. »Ich hab ihn so geliebt. Wie konnte er nur etwas derart Grausames tun? Wie konnte ich mich so in ihm täuschen?«

Sie schluchzte.

»Niemand kann wirklich in einen anderen Menschen hineinsehen.« Mark sah sie durchdringend an. »Deswegen habe ich vor neun Jahren auch so reagiert, als ich dahinterkam, dass du bei deiner Eignungsprüfung gelogen hast. Dieses psychologische Gutachten aus deiner Kindheit – ich war einfach verletzt, dass du es nicht einmal mir gesagt hast.«

»Hast du mich deswegen verraten?«

Er schüttelte den Kopf.

»Ich musste es tun. Bitte versteh das doch. Du hattest Probleme, weil deine Mutter vergewaltigt worden ist, sich deswegen das Leben nahm, der Täter nie gefasst wurde. Du hattest das nach all den Jahren noch immer nicht verarbeitet, wolltest dir von keinem helfen lassen, warst wie besessen bei der Arbeit, beinahe aggressiv, dann hast du diesen Typ angeschossen. Wie hätte ich da noch verschweigen können, was ich weiß?«

»Schon gut«, lenkte Doro ein. »Vorbei ist vorbei. Außerdem war ja alles okay. Ich hab mich eine lange Zeit mit Gelegenheitsjobs über Wasser gehalten – das war auch der Grund weshalb Thomas` Mutter mich nicht mochte und dachte, ich sei nur auf sein Geld aus. Als er in mein Leben trat, war ich darüber hinweg, meinen Job bei der Polizei verloren zu haben, wir heirateten, bekamen Mathilda. Ich war wirklich glücklich, bis vor einigen Tagen meine Welt in Scherben lag. Ich …« Sie schnappte nach Luft. »Ich muss durchgedreht sein, als ich das mit Thomas realisierte. Niemals hätte ich für möglich gehalten, dass er ein eiskalter Mörder ist.«

»Durchgedreht ist nicht der richtige Ausdruck«, meinte Mark. »Du hattest einen massiven Schock. Dieser und das Trauma des Erlebten – die Erkenntnis, was dein Mann getan hat, die Gewissheit seines Todes, vielleicht hattest du sogar Schuldgefühle, weil du nichts gemerkt hast, Mathilda nun ohne Vater aufwachsen muss – all das hat eine Persönlichkeitsstörung bei dir ausgelöst, ein Problem, das du auch hattest, als das mit deiner Mutter passierte. Damals littest du auch unter einer emotional instabilen Persönlichkeitsstörung. Du hast dich geritzt, nichts mehr gegessen – all deine Wut richtete sich gegen dich selbst. Später wendete sich das Blatt und deine Zornanfälle richteten sich gegen deine Außenwelt. Das wurde zum Problem beim Dienst bei der Polizei. Und als Thomas starb …« Er brach ab, suchte nach Worten. »Du bist in dem Moment in eine dissoziative Identitätsstörung gefallen. Diese Störung katapultierte dich in die Zeit zurück, in der es weder einen Thomas gab, noch eine Mathilda. Eine Zeit, in der du nur noch Polizistin sein konntest und niemand wusste, dass du … eine angeknackste Psyche hast. Du bist quasi vor all dem Grauen geflohen, dein Gehirn hat sich mit aller Macht dagegen gewehrt.«

Sie sah Mark an. »Wie habt ihr es hinbekommen, mich aus der U-Haft zu holen? Und weshalb erinnere ich mich an gar nichts mehr, was nach Thomas' Tod geschah?«

Er hob die Schultern. »Ich glaube, da ist es besser, ganz von vorne anzufangen. Ein Nachbar hat schon am Abend der Katastrophe Thomas und deinen Streit mitangehört. Als dann plötzlich Ruhe herrschte, dachte er, alles wäre wieder friedlich bei euch, ging zu Bett. Doch am nächsten Morgen wurde er von deinen Schreien geweckt und verständigte die Polizei. Ich vermute, dass die Konfrontation mit Thomas und seinen Taten, eure erste Begegnung, nachdem du es wusstest, sein Tod, einen Schock bei dir verursachten. Du bist, während Thomas verblutete, ins Bett gegangen, hast geschlafen. Und am nächsten Tag hast du dich an nichts mehr erinnert. Weder daran, was du über deinen Mann erfahren hast und was geschehen ist, noch, wo du Mathilda hingebracht hast. Die Polizei fand dich also in der Wohnung vor, überall mit dem Blut deines Mannes beschmutzt, die Fingerabdrücke auf dem Messer passten und es gab keine Spuren auf einen Einbruch. Und sie wussten ja nicht, was du gesehen hattest – klar, dass du als die Hauptverdächtige eingesperrt wurdest.«

»Und hier kamst du ins Spiel?«, wollte Doro wissen.

Mark nickte.

»Ich habe, als ich davon gehört habe, alles stehen und liegen lassen und bin zu dir in die JVA gefahren. Du hast weder mit mir noch mit den Kollegen gesprochen, hast nur immer wieder gemurmelt, dass du es nicht warst und auch nicht weißt, wo deine Tochter ist. Doch während alle anderen dachten, dass du nicht reden willst, wusste ich auf Anhieb, was dir wirklich fehlte. Ich stellte einen Antrag zur Haftprüfung, wollte, dass die Staatsanwaltschaft berücksichtigt, was du schon als Jugendliche durchmachen musstest, und dass diese Bedrängnis, der du in U-Haft ausgesetzt warst, absolut das Gegenteil von dem bewirkt, was wir hofften – nämlich, dass du erzählst, was passiert ist. Dass du, wie schon nach dem Tod deiner Mutter, unter einer psychischen Störung leidest, wegen des Schocks zudem unter einer Amnesie littest. Auf dem Weg zum Richter musstest du dann angeblich zur Toilette und bist den Kollegen an der Raststätte abgehauen. Als sie dich wieder aufgriffen, hast du dich plötzlich als Polizistin ausgegeben, warst zwar absolut friedlich, aber felsenfest davon überzeugt, noch bei der Polizei zu arbeiten. Deswegen brachten sie dich anstatt zum Staatsanwalt zu mir. Ich habe erkannt, dass du in eine Identitätsstörung abgedriftet bist und hab den Termin zur Haftprüfung wegen Krankheit abgesagt. Den Rest … tja, den kennst du ja jetzt.«

Doro nickte. »Ich dachte, ich wäre wieder Dorothea Augustin und Polizistin, würde die Ermittlungen leiten …«

Mark schüttelte schnell den Kopf. »Nicht die im Mordfall deines Mannes. Stattdessen hab ich die Chefetage und alle Kollegen überzeugt, dass du ungefährlich bist und dass die Chance groß ist, dein Kind lebend zu finden, wenn wir dich selbst damit beauftragen, es zu suchen – natürlich ohne Dienstwaffe und unter permanenter Bewachung. Du warst also niemals allein – zumindest nicht, bis du einfach abgehauen bist. Doch selbst während deiner Flucht nach Dresden standest du jeder Zeit unter GPS-Überwachung. Es war ein Experiment, wie ich bereits erwähnte, und es hätte auch schiefgehen können. Außerdem waren da diese Probleme mit unserer Glaubwürdigkeit. Immerhin bist du eine sehr gute Polizistin gewesen, wenn nicht eine der besten, du hättest sofort bemerkt, wenn wir schlampig gewesen wären.«

»Ihr habt mir ein falsches Foto der angeblich flüchtigen Mutter gezeigt?«

»Unter anderem.« Mark nickte. »Auf dem Bild war die Tochter einer Freundin deiner Schwiegermutter zu sehen.«

»Und ihr habt Ingeborg davon überzeugt, mitzuspielen. Und Valerie auch.«

Mark sah Doro an. »Nicht nur das. Wir mussten auch bei den Nachbarn klingeln und sie bitten, nicht mit dir zu sprechen, falls sie dich sehen, und sämtliche anderen Leute, von denen wir annehmen mussten, dass du sie kontaktierst. Anschließend haben wir das kleine Telefonbuch, in dem eure privaten Nummern stehen, mitgenommen, mussten euer Haus auf den Kopf stellen, alle Hinweise auf dich als Ehefrau des Toten ausmerzen. Deswegen hast du kein Familienfoto gefunden, keine Geburtsurkunde, keine früheren Unterlagen von dir – nichts. Wir haben das Fax vom Standesamt abgefangen und das Personenfeststellverfahren beim Einwohneramt gestoppt. Wir schafften alles aus eurem Haus, sorgten dafür, dass es keinerlei Hinweise auf dich gibt. Selbst die Kontoauszüge haben wir manipuliert, deinen Namen in Theodora geändert, haben dir einen gefakten Personalausweis anfertigen lassen, einen falschen Dienstausweis, sogar zwei Kreditkarten haben wir für den Fall der Fälle mit Hilfe meines Bruders, der Filialleiter bei einer Bank ist, so gefakt, dass du nicht misstrauisch wurdest. Wir haben dir genügend Bargeld in dein Portemonnaie getan, gehofft, dass du die falschen Karten nicht benutzt, nahmen deine Krankenkassenkarte heraus, beteten, dass du nicht nach ihr suchst. Wir haben trotz einiger Schwachstellen alles bedacht, bis auf deinen Dickkopf.« Er holte tief Luft, lachte leise. »Es steckte viel Arbeit hinter dem Experiment, die Kollegen haben mehrere Nachtschichten einlegen müssen, doch am Ende hat es sich ja gelohnt. Du hast dich erinnert, Mathilda ist in Sicherheit, das ist alles, was zählt.«

Doro schluckte. »Danke, dass du an mich geglaubt hast«, brachte sie schließlich hervor. »Mathilda war zwar zu keinem Moment in Gefahr, aber das konntet ihr ja nicht wissen. Nachdem ich aus Dresden zurück war, fiel mir Heinz ein. Er war die Rettung für mich. Wo er lebt, gibt es kein Radio und keinen Fernseher, er war also der Einzige, der nichts von all dem mitbekommen würde und bei dem Mathilda gut aufgehoben war. Ich vertraute ihm, habe ihm gesagt, dass er, sollte ich nicht zurückkommen, zu dir kommen solle, damit du dich der Sache annimmst. Ich hatte das Wichtigste in einen Brief geschrieben, den er dir geben sollte. Trotzdem hätte es sein können, dass du mir nicht glaubst. Oder schlimmer noch – das Thomas es schafft, mich umzubringen und schließlich das Sorgerecht für Mathilda bekommt. Es hätte ja nie jemand erfahren, dass Thomas mich töten und es wie Selbstmord aussehen lassen wollte, da er ja – genau wie du – mein psychisches Problem während meiner Kindheit kannte. Der einzige Fehler in seiner Planung war, mich für zu naiv zu halten. Er wusste zwar von meiner Familiengeschichte, aber nichts von meiner Vergangenheit bei der Polizei. Thomas hatte mich all die Jahre unterschätzt, das wurde ihm zum Verhängnis.«

Mark verzog das Gesicht. »Da ist er nicht der Einzige.«

Doro spürte Traurigkeit in sich aufsteigen, als ihr Sarah in den Sinn kam. »Das Einzige, das ich nicht begreife und für das ich mir bittere Vorwürfe mache, ist, dass ich nicht eingegriffen habe, als ich Thomas beim Mord an Sarah beobachtete. Das Mädchen könnte noch leben, wäre ich nicht weggelaufen.«

Mark nahm sie in den Arm. »Deine Welt ist in diesem Augenblick zusammengebrochen. Du warst in einem Zustand größter Panik, vollkommen durch den Wind. Niemand wirft dir diesbezüglich etwas vor und auch du selbst darfst dir deswegen keine Vorwürfe machen!«

Doro sah Mark an. »Ich war Polizistin verdammt! Ich hätte ihn davon abhalten müssen, das Mädchen zu töten. Doch in dem Moment ...« Sie stockte, kämpfte gegen die Tränen an. »Deswegen musste ich zumindest hinterher versuchen, das Problem auf meine Art zu lösen – für Mathilda und all die toten Mädchen, denn inzwischen wusste ich durch die Medien, dass Sarah nicht die Einzige war. Nur dank deiner Hilfe konnte ich trotz meiner Störung den Fall in Dresden aufklären. Ich hätte vielleicht noch Jahre an der Krankheit gelitten, wäre wegen Mordes zu einem Aufenthalt in der Geschlossenen verurteilt worden.«

Mark räusperte sich, wirkte plötzlich verunsichert. »Nach dem, was du mir jetzt erzählt hast, frage ich mich, ob es tatsächlich Notwehr gewesen ist?«

»Was denkst du?«, fragte Doro.

Mark überlegte einen Augenblick, dann stieß er die Luft aus. »Ganz ehrlich? Du hast mit allem recht, was du gesagt hast. Im Falle deines Todes hätte deinem Mann jeder den tragischen Selbstmord seiner Ehefrau abgenommen. Er hätte also fröhlich weiter junge Mädchen ermorden können, hätte definitiv das Sorgerecht für euer Kind bekommen – allein die Vorstellung bereitet mir Übelkeit. Von daher – es ist mir egal, ob es Notwehr war oder ob du nur dein Kind schützen wolltest. Ich war nicht dabei ... niemand von uns, von daher müssen wir wohl glauben, was du uns erzählst. Die Beweislage steht jedenfalls zu deinen Gunsten. Jetzt musst du dich lediglich noch einer Abschlussuntersuchung stellen, die du bestimmt locker wegsteckst. Dir wird also nichts geschehen, das verspreche ich.«

Doro sah Mark ungläubig an. Dann lächelte sie dankbar.

»Die Antwort auf deine Frage ist – ich weiß es nicht. Das Letzte, an das ich mich erinnere, ist all das Blut und der leblose Körper meines Mannes am Boden. Keine Ahnung, ob es Notwehr war oder ob ich die Situation auch ohne größeren Gewaltakt hätte beenden können.«

Mark zuckte mit den Schultern. »Wie ich eben sagte, es macht keinen Unterschied für mich.«

»Dann ist alles gut zwischen uns?«

Er lächelte. »Damit sind wir, glaube ich, quitt.«

Epilog

Juli 2017
Augsburg

Die Beerdigungsgesellschaft war recht übersichtlich. Nur Thomas' Mutter war gekommen, Doro selbst und Mathilda. Ingeborg hatte ihre liebe Mühe gehabt, einen Geistlichen für die Zeremonie zu gewinnen, schließlich aber mit dem vollen Einsatz mütterlicher Tränen Erfolg gehabt. Auch war keiner von Thomas' Kollegen gekommen, um ihm die letzte Ehre zu erweisen, keiner ihrer ehemals gemeinsamen Freunde. Sie alle hatten sich zwar bei Doro gemeldet und ihr gegenüber das Entsetzen bekundet, das sie gegenüber der Taten ihres Ehemannes empfanden, doch für sie bedeutete jedes einzelne dieser Gespräche und Beteuerungen nur eine weitere Qual, ein Hinauszögern dessen, wonach sie sich nun sehnte.

Für Doro stand fest, dass sie unter den gegebenen Umständen nicht mehr lange in Augsburg würde leben können, dass sie alle Zelte abbrechen und mit Mathilda woanders neu anfangen wollte. Bis es so weit war, hatte sie jedoch noch einiges zu erledigen, um ihrem neuen Leben zu einem guten Start zu verhelfen. Nachdem sie noch immer als Thomas' Ehefrau galt, war zwar sein gesamtes Vermögen auf sie übergegangen, doch vom Geld eines Mörders zu leben, kam für sie nicht infrage. Deswegen würde sie das Haus verkaufen und den Erlös samt allen Ersparnissen auf Thomas' Konto an eine Stiftung spenden, die Angehörige von Verbrechensopfern unterstützte. Sie selbst wollte endlich eine Therapie machen, um das Trauma ihrer

Kindheit sowie die jüngsten Ereignisse verarbeiten zu können. Sobald sie als geheilt galt, wollte sie auf Tamara Pauls Angebot zurückkommen, die ihr eine Stelle im Innendienst angeboten hatte. Sie verfügte über die nötigen Kontakte, ihr Versprechen auch über Bundeslandgrenzen hinweg einzuhalten. Als Ort, wo Doro und Mathilda in naher Zukunft leben würden, hatte sie sich für Usedom entschieden, weit genug weg, um alles hinter sich zu lassen, und traumhaft schön, um sich von Anfang an wohlzufühlen. Hinzu kam, dass auch Mathilda sicher Gefallen daran fände, in einer solchen Umgebung aufzuwachsen.

Ingeborg, Thomas' Mutter, hatte Doros Entscheidung, umzuziehen, akzeptiert, ihr sogar alles erdenklich Gute gewünscht, sie jedoch unter Tränen gebeten, den Kontakt zu ihrer Enkelin nicht vollends einschlafen zu lassen. Doro hatte ihr versichert, dass sie jederzeit anrufen, Mathilda sogar besuchen dürfe, woraufhin die Frau sie, zum ersten Mal überhaupt, fest in die Arme genommen hatte. Doro vermutete, dass Ingeborg unter ihrem schlechten Gewissen litt, nachdem sie ihre Schwiegertochter wie die Mörderin ihres Sohnes behandelt hatte, obwohl es in Wahrheit fast umgekehrt gewesen wäre.

Doro seufzte leise, als ihr Blick auf die schlichte Urne fiel, in der Thomas' Überreste zu Grabe getragen wurden. Sie war nur Mathilda zuliebe hier, wollte es ihrer Tochter nicht nehmen, sich von ihrem Vater zu verabschieden. Sie war mit ihren fünf Jahren noch viel zu klein, um zu verstehen, was genau passiert war, und das war auch gut so. Doch dass ihr Papa nie mehr wiederkommen würde, das zumindest hatte sie begriffen. Doro wurde jetzt schon Angst und Bange bei dem Gedanken, dass sie ihrem Kind irgendwann die ganze Wahrheit sagen musste. Mathilda erklären musste, wer ihr Vater wirklich war.

Was er getan hatte.

Denn dass sie ihrer Tochter nichts von alldem verheimlichen würde, so viel stand fest.

Nur Ehrlichkeit schaffte Vertrauen – und eines wollte Doro ganz sicher nicht, durch Lügen die Beziehung zum einzigen Menschen gefährden, der ihr jetzt noch etwas bedeutete.

Als die Urne in der Erde versenkt war und Mathilda eine Blume in das offene Grab hatte fallen lassen, sah Ingeborg zu ihr, doch sie schüttelte kaum merklich den Kopf. Alles in ihr wehrte sich dagegen, hier zu sein, und selbst die Tatsache, dass sie Thomas einmal sehr geliebt hatte, machte nicht den Abscheu wett, den sie jetzt für ihren toten Mann und seine Gräueltaten empfand. Sie war hier – nur dieses eine Mal –, das musste reichen. Sie zog Mathilda in ihre Arme, drückte ihr einen Kuss auf die Wange. »Bist du okay, meine Süße?«

Das Mädchen nickte, wischte sich eine Träne von der Wange.

»Die Trauer geht vorbei«, murmelte Doro an ihre Tochter gewandt und wünschte sich in diesem Augenblick nichts mehr, als ihrem Kind den ganzen Schmerz abnehmen zu können. »Das ist immer so. Die Zeit heilt alle Wunden.«

Erst auf dem Weg zum Ausgang wurde Doro bewusst, dass sie nun doch gelogen hatte. Ihr fiel ihre Mutter ein, das Schicksal ihrer Familie … ihrer Kindheit. Sie blieb stehen, ging vor Mathilda in die Hocke. »Zumindest wird es irgendwann leichter, damit zu leben, das verspreche ich dir, mein geliebter, kleiner Engel.«

Danksagungen

Ein Buch zu beenden, ist harte Arbeit. Glücklicherweise hatte ich Menschen um mich herum, die für mich da waren, mich unterstützt haben.

Herzlichen Dank an:

Claudia Heinen von SKS Heinen für das tolle Lektorat!

Meinen Kolleginnen und Kollegen, die mich während meiner Arbeit unterstützt haben, indem sie mir mit Rat und Tat zur Seite standen.

Heike Fröhling, Melisa Schwermer, May B. Aweley und Simon Geraedts für ihre Unterstützung in Cover und Klappentextfragen. Des Weiteren danke ich meiner Coveragentur Zero aus München für die grandiose Arbeit, die sie am Cover für »Stirb sanft, mein Engel« vollbracht hat.

Ein besonderer Dank gebührt dabei Kristin Pang für ihren Ideenreichtum und die Art und Weise, wie sie meine Vorstellungen so umsetzte, dass mir am Ende vor Staunen der Mund offen stand! Ich bin absolut BEGEISTERT! So stelle ich mir eine tolle Zusammenarbeit vor. Vielen, vielen Dank :-)

Meinen Leserinnen: Nicole Nadine Schönberg und Emilia, für ihre nette Unterstützung in Bezug auf die Titel und Cover-Motivwahl – Ihr glaubt ja gar nicht, WIE SEHR Ihr mir geholfen habt!

Der Pressestelle der Polizei Augsburg, insbesondere Herrn Siegfried Hartmann, der mich mit allen wichtigen Informationen rund um das Thema Polizeiarbeit versorgte. Sämtliche Abweichungen von der Realität bezüglich der Ermittlungsarbeit der Polizei gehen einzig und allein auf mein Konto.

Auch möchte ich anmerken, dass ich mir einige künstlerische Freiheiten genommen habe. Welche das sind, wird selbstverständlich nicht verraten ;-)

Meinem Mann, der, wann immer möglich, mit anpackte, um mich während der intensiven Schreibphase zu unterstützen.

Danke auch für all die Leckereien (den Prosecco und die Schokolade) mit denen du mich quasi gefüttert hast, wenn ich den Weg in die Küche im Schreibrausch mal wieder nicht gefunden habe.

Meinem Sohn Tim, der mich aufbaute und anspornte weiterzuschreiben, als ich davor stand, alles hinzuschmeißen. Du bist das Wertvollste, das ich auf dieser Welt habe, ich kann es nicht oft genug sagen!

Zu guter Letzt danke ich Ihnen, liebe Leser, dass Sie dieses Buch gekauft haben. Ich hoffe von Herzen, dass Sie beim Lesen genauso viel Spaß hatten wie ich (fast immer) beim Schreiben.

Über Mails mit Anregungen und Kritik freue ich mich unter:
autorin@daniela-arnold.com

Ihre Daniela Arnold

Leseproben weiterer Werke

Sterbensstill

von
Daniela Arnold

Über das Buch:

Die Berlinerin Isa ist auf der Flucht vor ihrem gewalttätigen Ehemann. Gemeinsam mit ihrem fünfjährigen Sohn Tim findet sie Zuflucht im Haus ihrer verstorbenen Großtante an der Küste Englands. Isas Gefühl von Sicherheit stellt sich schnell als Trugbild heraus, nachdem Tim zunehmend unter Wahnvorstellungen und Albträumen leidet, sich Nacht für Nacht unerklärliche Vorfälle häufen. Als Isa schließlich hinter ein erschütterndes Familiengeheimnis kommt, das mit acht grauenhaften Mordfällen zusammenhängt und deren Hintergründe mit Isas Vergangenheit verwoben scheinen, schweben Tim und sie längst in tödlicher Gefahr.

Parallel dazu wird London von einer brutalen Mordserie heimgesucht. Die Opfer sind junge Frauen, die vor ihrem Tod bestialisch gefoltert wurden. Chief Inspector Sandy Mattews und ihr Kollege Inspector Jonas Stevens arbeiten mit Hochdruck an der Aufklärung des Falles, doch der Killer ist ihnen weit mehr als nur einen Schritt voraus. Gerade als sie den Zusammenhang mit einer 20 Jahre zurückliegenden Mordserie erkennen, gerät Sandy selbst ins Visier des Killers und für Jonas und sein Team beginnt ein erbitterter Wettlauf gegen die Zeit.

Prolog

London / Bognor Regis
Januar 1996

Kates Herz hämmerte heftig gegen ihren Brustkorb, als sie die Treppen hinunter in Richtung Subway lief. Sie musste sich beeilen, durfte den Bus nach Hause auf keinen Fall verpassen. Sie hatte Collin versucht zu erreichen, wollte ihn bitten, Annie aus der Schule abzuholen, doch wie so oft war er auf einem Einsatz gewesen, bei dem er nicht gestört werden durfte. Kate seufzte. Eigentlich wäre heute ihr Konferenzabend gewesen, dem sie dringend hätte beiwohnen müssen, um die Partner der Kanzlei nicht zu verärgern. Mitchels Gesichtsausdruck, als sie vorhin – übrigens zum dritten Mal diesen Monat – darum gebeten hatte, früher gehen zu dürfen, war eindeutig gewesen. Ihr Vorgesetzter und Inhaber der Anwaltskanzlei missbilligte zutiefst, dass sie ihre Pflichten hinten anstellte und die Familie stets an erster Stelle stand. Als überzeugter Junggeselle konnte William Mitchel natürlich nicht nachvollziehen, wie es war, Verantwortung für ein kleines Kind zu haben, Erziehung, Familie und Job unter einen Hut bringen zu müssen. Kate seufzte. Selbstverständlich verstand sie Mitchels Einstellung ihr gegenüber, ärgerte sich im Grunde auch nicht über ihn, sondern über Collin.

Ihr Mann war leitender Ermittler in London und seit Monaten damit beschäftigt, einen Serienkiller, der bereits sechs Frauen ermordet hatte, dingfest zu machen. Er und sein Team taten wirklich alles Menschenmögliche, hatten erst letzte Woche einen entscheidenden Schritt in Richtung Lösung des Falles gemacht, trotzdem ärgerte Kate sich, dass vor allem Annie darunter litt, ihren Vater im Moment kaum zu Gesicht zu bekommen. Hinzu kam, dass ihre Großmutter seit Tagen an einer schweren

Lungenentzündung litt und ihre Mutter mit deren Pflege und ihrem eigenen Job vollkommen ausgelastet war. Was so viel hieß wie – sie musste ihre Probleme irgendwie selbst gebacken bekommen.

Kate befand sich noch auf dem ersten Absatz der Treppe, als die Bahn einfuhr, und hastete, drei Stufen auf einmal nehmend, hinunter. Sie schaffte es gerade noch rechtzeitig, in eines der Abteile, bevor die Türen zuglitten und die Bahn sich in Bewegung setzte.

Erleichtert ließ sie sich auf einen freien Sitz fallen und schloss für einen Moment die Augen.

Als sie zweieinhalb Stunden später durch das Tor der St.-Georg-Schule trat, fühlte sie sich ausgelaugt und vollkommen verspannt. Die erste Stunde im Bus hatte sie eingezwängt zwischen einer Gruppe deutscher Touristen stehen müssen, die schwarz gekleidet mit toupierten Haaren auf dem Weg nach Bognor Regis waren, um ihrem Idol, das dort etwas außerhalb in einer Villa am Strand wohnen sollte, einen Besuch abzustatten. Kate hatte sich ein Grinsen nicht verkneifen können, kannte sie den Mann doch und wusste, dass er sich mit seiner Frau bereits seit Wochen im Urlaub auf einer der Kanalinseln befand.

Die jungen Leute hatten ihr leidgetan, war doch offensichtlich, wie sehr sie sich freuten, bald schon vor dem Anwesen ihres Idols zu stehen und um ein Autogramm zu bitten.

Als der Bus sich langsam leerte, hatte Kate sich an einen der Fensterplätze gesetzt und war trotz des Lärms ziemlich bald eingedöst.

Sie blickte auf ihre Uhr und nickte einer der Lehrerinnen zu, die bei ihrem Anblick blass wurde und die Stirn runzelte.

Augenblicklich schoss Kates Puls in die Höhe und ihr wurde kalt.

Die Lehrerin namens Milla kam näher. »Annie ist schon lange nicht mehr da. Jemand hat sie abgeholt.«

Kate schnappte nach Luft. »Jemand? Was soll das bedeuten? Wer hat sie geholt?«

Milla schluckte. »Da muss ich nachfragen. Wir hatten heute ein ziemliches Kuddelmuddel, weil Jamie vom Klettergerüst gefallen ist. Wir mussten den Krankenwagen rufen, Sie können sich sicher vorstellen, dass es drunter und drüber gegangen ist.«

»Wo ist Annie?«, fragte Kate ungeduldig und fixierte die junge Lehrerin. »Ich will mit Ihrer Vorgesetzten sprechen. Sofort!«

Milla nickte und ging wortlos voran in Richtung des Büros der Rektorin. Schließlich klopfte sie an die Tür und drückte die Klinke hinunter.

»Annies Mutter ist hier und will mit Ihnen sprechen. Sie wissen nicht zufällig, wer die Kleine heute abgeholt hat?«

Lynn Walker schüttelte den Kopf. »Ich nehme an, Ihr Ehemann hat Annie geholt. Jemand anderem hätte sie keiner von uns mitgegeben.«

»Milla sagte, es ging drunter und drüber …«

Lynn nickte ernst. »Ein Kind hat sich heute beim Spielen wehgetan, sodass wir den Arzt rufen mussten. Aber nichtsdestotrotz hat keiner von uns eines der Kinder jemand Unbefugtem mitgegeben. Bestimmt konnte ihr Mann es kurzfristig einrichten und hat sie mitgenommen. Gehen Sie nach Hause, Sie werden sehen, alles ist in bester Ordnung.«

In ihrer Wohnung herrschte noch genau dasselbe Chaos wie am Morgen, als Collin, Annie und sie sich auf den Weg gemacht hatten. Das Frühstücksgeschirr stand auf dem Küchentisch, die Betten waren ungemacht und überall herrschte eine Unordnung, bei der Kate sich fragte, wo das alles noch hinführen sollte.

Gleich heute Abend, nahm sie sich vor, würde sie mit Collin über die Option einer Haushaltshilfe sprechen.

Sie atmete tief durch. »Annie? Collin? Seid ihr da?«

In Sekundenschnelle durchsuchte sie alle Zimmer der Wohnung, fragte sich, wo ihr Mann mit der gemeinsamen Tochter um diese Zeit hingegangen sein konnte. Kaufte er endlich ein, wie er es bereits seit Tagen versprochen hatte?

Sie ging zum Telefon, überprüfte, ob er eine Nachricht für sie hinterlassen hatte.

Erleichterung machte sich in ihr breit, als sie das Blinken des Lämpchens sah.

Sie drückte auf den Knopf und hörte die Nachricht ab, spürte, wie sich die feinen Härchen überall an ihrem Körper aufrichteten.

Dann wurde ihr speiübel.

Die Stimme ihrer kleinen Tochter schallte aus dem Lautsprecher des Anrufbeantworters und füllte zuerst jeden Quadratmillimeter der Wohnung aus, fraß sich schließlich unaufhaltsam in ihr Bewusstsein.

Die Ungeheuerlichkeit der Worte ihres kleinen Mädchens gingen Kate durch Mark und Bein.

Stöhnend sackte sie auf die Knie, schnappte nach Luft.

Was um Himmels willen hatte das zu bedeuten?

Warum tat er ihr das an?

Womit hatte sie das verdient?

Annies verzweifeltes und blechern klingendes Schluchzen umhüllte sie, nahm ihr die Luft zum Atmen.

Plötzlich war es still.

Sterbensstill.

Zitternd stand Kate auf, drückte erneut auf den Knopf des Anrufbeantworters, um die Nachricht noch einmal zu hören. Es war wie ein Zwang. Sie musste unbedingt, um jeden Preis begreifen, was da vor sich ging!

Ein Rascheln ertönte.

Kurz darauf ein leises Wimmern, das sich zu einem Heulen steigerte.

ANNIE!

Oh Gott, Annie …

»Mommy? Mommy, bitte, du musst herkommen. Daddy sagt, er tut mir weh, wenn du nicht kommst. Bitte, Mommy, komm schnell, ich hab solche Angst.«

Kapitel 1

Berlin, Mai 2016

Isa stöhnte leise. Ihre rechte Schulter schmerzte und ihr Arm fühlte sich irgendwie fremd an. Hatte er ihn ihr wieder ausgekugelt? Vielleicht sogar verstaucht oder gebrochen? Sie ließ die Schulter kreisen, bewegte langsam ihren Arm, biss die Zähne zusammen, konzentrierte sich auf ihre Muskeln und Fasern, atmete gegen den Schmerz an. In Gedanken verfluchte sie sich für ihre Feigheit. Wieso hatte sie sich nicht gewehrt? Ihn angeschrien und von sich weggeschubst, ihm Einhalt geboten, bevor er ihr wehtun konnte? Ihre Augen brannten, als sie sich mit Tränen füllten. Die Antwort auf ihre Frage war einfach. Sie hatte es wegen Tim getan. Ihrem kleinen, süßen, fünfjährigen Jungen, der trotz allem an seinem Vater hing.

Isa seufzte. Sie kam nicht umhin, zuzugeben, dass sie es ihrem Exmann missgönnte, dass sein Sohn ihn von ganzem Herzen liebte. Egal, was er ihnen beiden angetan hatte und noch immer antat.

Es fing kurz nach der Hochzeit an. Zuerst hatte er sie nur kontrolliert, ihr den Kontakt zu Freunden untersagt, war eifersüchtig und besitzergreifend gewesen. Irgendwann hatte er ihr »ans Herz gelegt«, ihren Job als Arzthelferin zu kündigen, damit er sie noch intensiver bewachen, sie noch mehr unter Kontrolle halten konnte. Schließlich war es zum ersten körperlichen Übergriff gekommen. Er hatte ihr eine Ohrfeige gegeben, dann noch eine, und sie schlussendlich so heftig zusammengeschlagen, dass sie nur noch wimmernd daliegen und darum flehen konnte, dass er endlich von ihr abließ. Rückblickend gab es in ihrer Ehe unzählige solcher Situationen, die alle auf dieselbe Weise geendet hatten: Bernd hatte sich entschuldigt, sich anschließend einige Tage rührend um sie gekümmert und auf Händen getragen, bis alles wieder von vorne losging.

Es war ein stetiger Wechsel von gewaltsamen Auseinandersetzungen und liebevollen Gesten gewesen, sodass Isa am Ende sogar selbst glaubte, was er ihr einzureden versuchte.

Dass alles ihre Schuld sei, sie verdient habe, was er ihr antat und dass es ihm alles andere als Freude bereite, sie maßregeln zu müssen.

Die Erinnerung daran ließ Isabells Abscheu noch weiter wachsen. Abscheu gegen ihren baldigen Ex-Ehemann. Abscheu gegen sich selbst.

Nicht zum ersten Mal fragte sie sich, warum sie es überhaupt so weit hatte kommen lassen.

Sie hätte bereits nach dem ersten Übergriff ihre Sachen packen und ihn verlassen müssen.

Ein Stromschlag fuhr durch ihren Körper.

Was zur Hölle dachte sie da eigentlich?

Wenn sie Bernd damals verlassen hätte, gäbe es Tim nicht. Sie hätte nicht jahrelang leiden und die Schläge ihres Mannes ertragen müssen, doch der Preis dafür wäre, dass das Wichtigste in ihrem Leben heute nicht existieren würde.

Wie auf Befehl spürte sie eine kleine, weiche Hand an ihrem Bein. Sie klammerte sich an der Kante der Arbeitsplatte fest und konzentrierte sich darauf, die Tränen zurückzudrängen und ein Lächeln aufzusetzen.

»Warum weinst du, Mami? Ist es wegen Papa?«

Kurz überlegte Isa, Tim anzulügen und zu behaupten, dass sie – wie so oft nach einem anstrengenden Tag – Kopfschmerzen habe, doch dann entschied sie sich für die Wahrheit. Sie nickte. »Ja, es ist wegen Papa. Er hat mir sehr wehgetan.« *Nicht nur heute und nicht zum ersten Mal,* setzte sie in Gedanken hinzu.

»Ist es, weil ihr euch nicht mehr lieb habt?«

Tim sah Isabell mit seinen großen grünen Kulleraugen an, die er von seinem Vater geerbt hatte und die Isa so sehr liebte, obwohl sie sie an Bernd erinnerten.

»Nein, er hat mir wirklich wehgetan, als er mich vorhin gegen die Wand gedrückt hat.«

Tim überlegte kurz. Dann nickte er traurig.

»Er fehlt dir, nicht wahr?«

Wieder ein Nicken.

Schnell hob Isabell ihren Sohn auf ihren Arm und drückte ihn fest an sich. »Ich weiß, es ist schwer, mein Schatz, aber glaub mir, so ist es besser. Für uns beide.« Sie setzte ihn wieder auf dem Boden ab, versuchte sich an einem optimistischen Gesichtsausdruck. »Magst du dir einen Film ansehen?«

Tims Augen begannen zu leuchten.

Normalerweise mochte Isa es gar nicht, wenn ihr Sohn fernsah, aber heute musste sie dringend ein wenig zur Ruhe kommen, benötigte ein paar Minuten nur für sich, daher kam es ihr gerade recht, dass Tim den neuen Animationsfilm aus dem Hause Disney noch nicht gesehen hatte.

Als er gebannt vor dem Fernseher saß, zog Isabell sich in die Küche zurück, um das Abendessen zuzubereiten. Sie würde Tim eine Freude machen und ausnahmsweise ihr gemeinsames Wochenendritual, das den Freitagabend einläutete, auf Mittwoch vorziehen. Das bedeutete, dass es lauter teure Leckereien geben würde, die jede Woche einen Großteil ihres Haushaltsbudgets auffraßen, doch Tims Strahlen, wenn er den reich gedeckten Tisch sah, entschädigte Isa für alles. Also machte sie sich daran, die leckeren und mit Speck umwickelten Datteln anzubraten, Knoblauch auszupressen, mit gutem Olivenöl zu vermischen und auf das Baguette zu träufeln. Anschließend wickelte sie zwei cremige Camemberts von der Käserei vom Stadtmarkt aus dem Papier und verfrachtete beide in hitzebeständige Keramikschälchen. Als alles im Ofen verstaut war, machte sie sich an den Tomatensalat. Während sie die Tomaten in winzig kleine Würfelchen schnitt, schweiften ihre Gedanken zum heutigen Nachmittag. Tim und sie waren gerade schwer beladen aus dem Supermarkt gekommen, als Bernd sich ihnen in den Weg gestellt hatte. Sofort war ihm Tim jubelnd um den Hals gefallen, was ihr Ex zum Anlass genommen hatte, einen Streit vom Zaun zu brechen.

»Siehst du nicht, was du unserem Jungen antust?«, hatte er mit leiser und gespielt trauriger Stimme gefragt und Isa mit seinem stechenden Blick so lange gemustert, bis sie gewusst hatte, dass sie aus dieser Situation so schnell nicht wieder rauskommen würde. Schnell hatte sie ihr Kind im Wagen verstaut – einem steinalten Ford Fiesta, der an allen Ecken und Enden schepperte – und sich ihrem Exmann entgegengestellt. »Ich tue das, um ihn zu schützen«, hatte sie erwidert. »Er soll nicht in einer Familie aufwachsen müssen, in der Gewalt gegen seine Mutter an der Tagesordnung ist. Was, wenn du eines Tages auch ihm gegenüber die Beherrschung verlierst?«

Ihr Ex hatte einen bösen Grunzton ausgestoßen und sie verächtlich gemustert, sich aber keinen Millimeter zurückgezogen. Stattdessen hatte er ihr aufgezählt, wo und wie sie die letzten Tage verbracht hatte, und dass ihm nichts, aber auch gar nichts entgehe, weil er überall seine Informanten habe.

Sie hatte wissen wollen, warum er sie verfolgte, und was er sich davon versprach, dass er jedes Mal genau dort auftauchte, wo auch Tim und sie sich gerade aufhielten.

Natürlich hatte er ihre Frage unbeantwortet gelassen, ihr eine goldblonde Strähne aus dem Gesicht gestrichen, sie dabei mit eiskaltem Gesichtsausdruck gemustert.

»Ich hab gehört, dass du eine Stelle als Putze angenommen hast. Ist das nicht unter deinem Niveau?« Seine Stimme hatte belustigt geklungen und sofort hatte Isa wieder den Zorn in sich aufwallen spüren und wünschte, den Mut zu besitzen, ihm eine so heftige Ohrfeige zu geben, an die er sich noch nach Wochen erinnerte.

Am Ende war es darauf hinausgelaufen, dass sie ruhig geblieben war, bis Bernd sie grob gepackt und gegen das Auto gestoßen hatte.

Selbst jetzt, über zwei Stunden später, hallten noch immer seine letzten Worte in ihr nach, jagten ihr eine Heidenangst ein.

Ihre Finger zitterten, als das Klingeln des Telefons durch die kleine Wohnung drang.

»Darf ich drangehen?«, rief Tim aus dem Wohnzimmer. »Vielleicht ist es Papi.« Sekunden später hörte sie das Tippeln seiner kleinen Füße auf dem Fliesenboden im Gang.

Sie schluckte, betete in Gedanken, dass es nicht Bernd war, der seinen Psychoterror nun telefonisch fortzusetzen gedachte.

»Okay«, sagte sie schließlich und atmete gegen die Angst an, umklammerte das Messer in ihrer Hand so fest, dass sie glaubte, es zu zerbrechen.

Keine Sekunde später kam Tim in die Küche, hielt ihr das Telefon hin. »Tante Susi will dich sprechen.«

Sie stieß die Luft aus, ließ das Messer auf die Arbeitsplatte fallen, griff nach dem Hörer.

»Warte einen Moment«, sagte sie zu ihrer langjährigen Freundin am anderen Ende der Leitung und warf Tim einen liebevollen Blick zu. »Geh noch ein wenig ins Wohnzimmer, bis ich hier fertig bin.« Sie wartete, bis sie ihren Sohn hörte, wie er mit Anlauf auf das Sofa sprang, dann atmete sie tief durch. »Bernd hat

Tim und mich heute beim Einkaufen erwischt.« Sie hielt kurz inne, versuchte verzweifelt, gegen die Tränen anzukämpfen, die sie erneut zu übermannen drohten. Diesmal allerdings mit nur mäßigem Erfolg. Ein heiseres Schluchzen brach aus ihrer Kehle hervor. »Ich weiß nicht, was ich machen soll. Das Schwein hat gedroht, mir Tim zu nehmen, wenn ich nicht zurückkomme.« Sie hielt inne, sah plötzlich wieder das Gesicht des Mannes vor Augen, der für all die Tränen verantwortlich war, die sie in den letzten Jahren vergossen hatte. Seinen eiskalten Blick, das spöttische Lächeln, seine überhebliche Körperhaltung.

Susis Worte drangen nur noch wie aus weiter Ferne an ihr Ohr, als ein ungeheuerlicher Gedanke sich in ihr manifestierte.

Was, wenn Bernd recht behielt und das Gericht ihm das Aufenthaltsbestimmungsrecht zusprach? Dann würde sie die nächsten Jahre damit zubringen, sich seine Gemeinheiten gefallen zu lassen, musste Angst um ihren Jungen haben, den er bereits jetzt als Spielball benutzte, um ihr wehzutun. Würde sie jemals in Frieden mit ihrem Kind leben können?

Wohl kaum.

Jedenfalls nicht, solange sie nicht beweisen konnte, wie gewalttätig Bernd war.

Nicht zum ersten Mal wünschte Isa sich, nicht so naiv gewesen zu sein und ihm viel früher seine Grenzen aufgezeigt zu haben. Stattdessen war sie immer wieder auf seine leeren Versprechungen hereingefallen, hatte darauf gehofft, dass jeder seiner Übergriffe und Gewaltausbrüche der letzte sein würde.

Ihr damaliges Schweigen war der Grund dafür, dass er sie heute weiter schikanieren, sie stalken, ihr Gewalt antun würde, bis eines Tages vielleicht etwas wirklich Schlimmes geschah. Er würde so lange damit weitermachen, bis sie entweder tot war oder sich bereit erklärte, zu ihm zurückzukehren.

»Bist du noch dran?« Susi klang besorgt.

»Ja, ich bin noch dran. Können wir nachher noch mal telefonieren, wenn Tim im Bett ist? Im Moment kann ich keinen klaren Gedanken fassen.«

»Isa, du hättest schon längst zur Polizei gehen müssen! Nur dort kann man dir helfen. Du musst Anzeige erstatten. Das hättest du schon tun sollen, als er dich zum ersten Mal geschlagen hat. Dann wäre alles gar nicht erst so weit gekommen. Dass er selbst Bulle ist, gibt ihm noch lange nicht das Recht, dir so etwas anzutun. Ganz davon zu schweigen, wie sehr er dadurch eurem Sohn schadet.«

Isa wischte sich die Tränen von der Wange und atmete tief durch. »Hast du eine Idee, was ich tun soll, oder willst du mich nur weiter in den Boden stampfen?«, fragte Isa schärfer als beabsichtigt.

Eine Weile herrschte Stille in der Leitung, dann folgte ein leises Rascheln. »Tut mir leid«, kam es schließlich von Susi. »Ich weiß, du hast nicht viel Geld und kommst kaum über die Runden. Und mir ist klar, dass du Angst hast. Angst um dein Kind und davor, was er noch tun wird, um dich unter Druck zu setzen. Aber bitte, du musst mir versprechen, dass du, egal, was passiert, nicht in Erwägung ziehst, zu diesem Idioten zurückzugehen.«

Isa und Tim waren gerade mit dem Abendessen fertig, als das Telefon erneut klingelte.

Der Ton jagte ihr einen kalten Schauer über den Rücken. Nachdem Susi bereits angerufen hatte und es außer ihr, Tim und Bernd niemanden in Isas Leben gab, konnte es nur noch ihr Ex sein, der ihr den Abend vermiesen wollte. Sie stand auf, griff nach dem Hörer, meldete sich mit zitternder Stimme.

Am anderen Ende der Leitung war ein älterer Mann, der sie auf Englisch vollplapperte und den sie trotz ihrer eigentlich hervorragenden englischen Sprachkenntnisse kaum verstand. Als der Mann merkte, dass Isa überfordert schien, versuchte er sich in brüchigem Deutsch.

»Mein Name ist Walther Higgins«, stellte er sich mit einem feierlichen Unterton in der Stimme vor. »Ich bin Nachlassverwalter und habe eine halbe Ewigkeit nach Ihnen gesucht. Jetzt, wo ich Sie endlich gefunden habe, muss ich Sie dringend bitten, sich mit mir zu treffen. Es geht um Ihre vor über einem Jahr verstorbene Großtante mütterlicherseits. Ihr Name lautete Adele Normann und weil Sie die einzige, noch lebende Angehörige sind, haben Sie das Glück, ihre gesamte Hinterlassenschaft zu erben.«

Printed in Poland
by Amazon Fulfillment
Poland Sp. z o.o., Wrocław